봄이 오는 길

이 도서의 국립중앙도서관 출판예정도서목록(CIP)은 서지정보유통지원시스템 홈페이지(http://seoji.nl.go.kr)와 국가자료종합목록 구축시스템(http://kolis-net.nl.go.kr)에서 이용하실 수 있습니다.
(CIP제어번호 : CIP2020053269)

지혜사랑 229

봄이 오는 길

신영일 외

지혜

책을 펴내면서

2년 전 이맘때 쯤, 대덕구장애인복지관에서 시낭송 강사를 모집한다는 소식을 듣고 서류를 챙겨 복지관을 방문했다.

이름은 시낭송 강좌이지만 그 중 몇 분이 시를 써가지고 오시는데 지도해 드리면 된다고 하셨다.

시낭송 강좌라기에 좋은 시를 골라 같이 읽고 낭송하면 되겠다고 단순하게 생각했는데 갑자기 시를 지도해야 한다니 당혹감이 앞섰다.

첫 날 오후 1시, 점심식사를 마친 수강생들이 강의실로 들어오기 시작했다.

혼자 힘으로 오신 분도 있었고 가족이나 봉사자들과 함께 오신 분도 있었다.

그 중 제일 연세가 많은 신영일님이 새 선생님이 왔다고 떨리는 손으로 세상에서 가장 맛있는 커피를 타 주었다. 커피를 받아드는 순간 모든 걱정과 긴장이 사라졌다.

시간이 흐르면서 수강생들의 마음이 조금씩 열리기 시작하고 글을 써오는 분들이 늘어나기 시작했다. 우리는 그것을 함께 읽고 서로 느낌을 이야기하며 시와 친해지기 시작했다.

조금씩 자신의 글쓰기에 재미를 붙인 수강생들이 어느 날은 세 편에서 다섯 편, 일곱 편까지도 시를 가져오기도 해서 머리에서 쥐가 달리기를 한 적도 있었다.

내가 알고 있는 시 중에서 최고의 시들을 알려드려야겠다고 생각했다.

방송통신대학교 국어국문학과 교재에 실린, 이를테면 시의 표본이 되는 시들과 신춘문예 당선 작품 중 이해하기 쉽거나 공감이 되는 시, 낭송하기 쉬우면서도 울림을 줄 수 있는 시들을 섞어서 함께 한 시간동안 그 시에 대한 이야기를 나누고, 다음 시간에는 오늘 공부한 시의 내용 중에서 공감이 가는 기억이 있다면 그것을 한 줄이던 두 줄이던 상관없이 아무 것이라도 써오라고 과제를 주었다.

수업 내내 한 마디도 하지 않던 오유진님이 어느 날인가부터 말이 늘고 표현이 명료해졌다.

배한초님은 한 음절을 내기도 벅찬데 나태주시인의 「풀꽃」을 정성껏 외웠다.

컴퓨터 자판을 두드리기 어려운 송직호님은 노트에다 손수 시를 쓰고 그림을 그렸다.

신영일님은 그 정서를 낭송으로 표현했고, 이재영님은 공부한 시를 다음 시간에 꼬박꼬박 외워왔다. 신영일님의 아내인 왕능운님은 오로지 남편에 대한 사랑의 시와 수필을 시간마다 가져와 우리를 그들의 사랑에 중독되게 만들었다. 김신근님은 올해 합류했지만 마음만큼은 벌써 산꼭대기에 두고 질문세례를 쏟아부었다.

시를 쓰는 것도 낭송 실력도 우리 수강생들이 선생보다 더 뛰어나다.

일반인들의 반질반질한 느낌과 표현이 아니라, 결핍과 고통을 통과한 진솔하고 투명한 표현들을 발견할 때마다 원석을 발견한 듯 보람과 기쁨을 느낀다

오타와 띄어쓰기 정도만 지적하고 일체의 수정을 해주지 않았다.

어떻게 하란 말인지 도무지 감이 잡히지 않아 답답하지만 그 과정을 거치면 자꾸 생각하고 고민하는 가운데 어느 땐가 스스로의 힘으로 자신의 글을 객관적으로 볼 수 있는 힘이 생기고 더 좋은 표현을 생각해 낼 수가 있게 된다. 글을 고쳐주게 되면 지도하는 사람에게 의지하려는 힘이 생기기 때문에 발전이 없고 그 사람의 생각과 글의 수준은 그 정도에서 정체하고 말기 때문이다.

내가 맨 처음 시를 배울 때 교수님께서 하시던 방법이다.

수업을 시작할 때 우리는 사랑합니다로 고백의 인사를 하고 마칠 때는 행복하세요라고 축복의 인사를 한다.

시를 쓰는 사람은 행복해야 한다. 누구라도 행복해야 하지만 특히나 시를 쓰는 사람은 행복해야 한다. 행복은 자신을 사랑하는 데서부터 시작된다. 시창작의 행위를 통해 자신과의 화해의 과정을 거치면서 자신을 수용하고 자기 주변의 세상을 이해하고 포용하게 된다.

처음엔 몹시도 어색했지만 이제 자연스러운 인사말이 되었고 진심어린 인사말이 되었다.

또 우리는 수업을 시작할 때 각자 일분 정도씩 지난주에 행복했던 일들을 이야기 한다.

행복은 너무 커서 찾기가 쉽지 않지만, 이 시간을 통해 우리는 작은 것에서 행복을 발견하는 법을 스스로 발견하게 되고 그것은 곧 그 주에 본인이 써야 할 시의 소재가 되기도 한다.

서툰 초보 선생과 서툰 수강생들이 만나 시와 놀기 시작한 지 두 해가 되었다.

글들이 자라나자 욕심이 생겼다. 너무 예쁘고 맑은 글들이 사라지는 것이 아까웠다. 우리는 우리들만의 문집을 만들 수 있도록 꿈꾸기 시작 했고, 기도하기 시작했다.

우리들의 정성스런 마음이 열매를 맺었다. 대덕구장애인복지관 행사인 '소원을 말해봐'에 한 분이 응모하셨고 다행스럽게도 채택이 되어 책을 낼 수 있는 기금을 지원받을 수 있게 되었다.

이 책을 낼 수 있도록 후원해 주신 복지관 관장님과 직원들, 시간마다 메일로 시를 받아 복사하고 수업진행을 도와주시는 정현대리님, 기꺼이 염가에 책을 출판해 주신 반경환 지혜출판사 대표님께 진심으로 감사드린다. 그리고 어리고 서툰 선생을 믿고 지금까지 함께 해 준 사랑하는 우리 단비 회원들과 그 가족들과 봉사자들께 감사드린다.

시를 쓰고 낭송하는 일이, 우리들의 팍팍한 삶에 단비처럼 사랑으로 행복으로 스며드는 일이 되길 바라는 마음이다. 무엇을 이루기 위한 시의 놀음이 아니라 우리들 마음속에 있는 것들을 오롯이 꺼내 세상에 내 보내는 맑고 투명한 빗방울의 울림이길 바란다.

우리에게서 스며나온 한 방울의 단비가 달콤하게 우리들을 적시고 세상을 적시며 흘러가길 바래본다. 우리와 우리가 속한 세상이 시를 통한 사랑과 행복으로 단단해 지길 기도한다.

2020년 12월

대덕구장애인복지관 시낭송지도강사

홍명희 드림

차례

송 직 호

신 영 일

오 유 진

왕 능 운

이 재 영

수 필

• 일러두기
한 연이 첫 번째 행에서 시작될 때는 > 로 표시합니다.

복지관 사진첩

수업시간

2019년 대덕문학 출판기념회

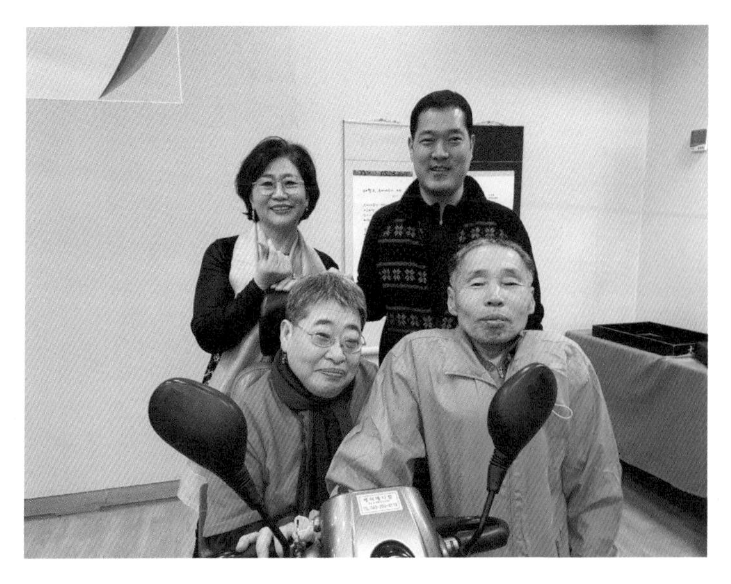

2019년 종강 시낭송회

시 낭 송 발 표 회
당신의 오
응원

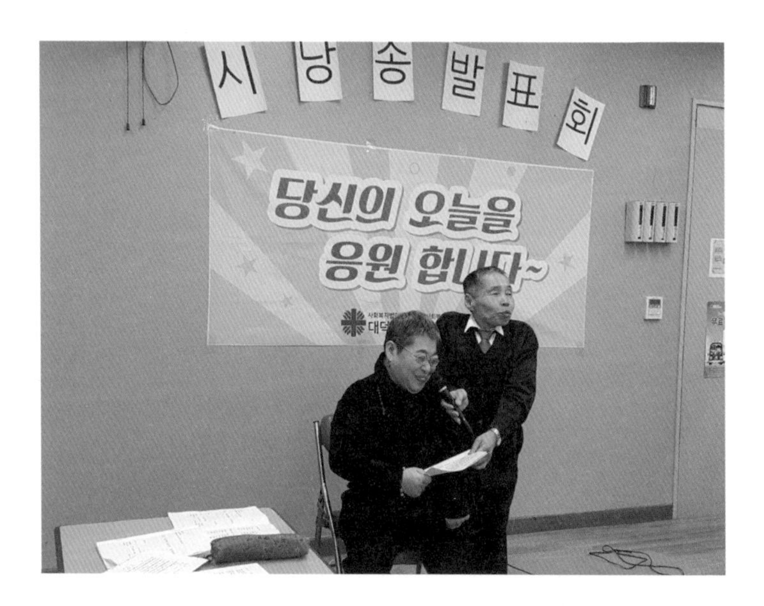
시 낭 송 발 표 회
당신의 오늘을
응원 합

시 낭 송 발 표 회
당신의 오늘을
응원 합니다~
대덕구장애인종합복지관

김 신 근

산이 되어라 외 14편

산이 되어라

새 둥지 품은 산이 되어라
뭇짐승 뛰노는 산이 되어라
머물고 쉬는 모든 쌍쌍의 산이 되어라

새끼 낳아 삶의 뿌리 된 산이 되어라
나 떠나도 눈물 홀로 삭이는 산이 되어라

오는 이엔 보금자리
떠나는 이 잠자리 내어 주고

목마른 자에게
시원한 옹달샘 품은
산이 되어라

시라는 옷

시라는 옷은 예나 지금 모두 입기 원하지
여자가 입으면 예쁘고 남자가 입으면 고상하고 멋있지

문학의 밤은 복작이는 세상에서 별을 보는 순간
친구 따라 문학의 배를 타고 출발한다

천지만물 온갖 소리 사람 말로 써야하니
장님에 귀머거리 몇 년 해야 면할는지

동네방네 시 배운다 자랑하고 뽐냈는데
하다 말면 용두사미 이웃사촌 어이 볼꼬

장님에 귀머거리 몸까지 고되어도
고진감래 시작이 반이라오

겨울 산

시에 옷을 입히라는 선생님 말씀에
방법이 아리송해 머릿속이 하얘져 지샌 밤이 몇 날인가

산을 기어 올라가니 창조주께서 지난 밤 흰옷을 입혔네
포근한 하얀 천지 햇빛을 되비추니 한 폭의 그림이네

인기척에 놀란 까투리 살살 기어 바위틈에 숨고
장끼는 화려한 깃털 뽐내며 푸다닥 솟구치네

눈 쌓인 이곳은 내 놀이터요 찍어놓은 발자국
산토끼 노루와 눈 맞춤 기대하고
나 혼자 하는 숲 속 숨바꼭질
술래되어 이곳저곳 한나절을 기웃대네

눈 녹아 흐르는 물길 옆엔 흔적만 남아
우람한 산돼지가 다람쥐 옷 입은 새끼와
뒹굴고 놀고 산책하며 요란 떤 자국이 선명하네

부른 적도 없는 까치 따라 다니며 귀 따갑게 소리 지르니
조용한 계곡에 메아리 합창 소리 드높네
독수리 참매 올빼미 떠나간 곳
볼품없는 검정 옷 까치 대장노릇 하느라 온 산이 시끄럽네

>

계곡물이 녹으면 금방 올챙이가 헤엄치겠지
경운기 트랙터도 긴 잠에서 깨어 흙을 뒤집고
로타리로 깨부수어 씨받을 준비 밭고랑 발길 바쁘니
초록빛 옷 입을 날 머잖아 오겠네

자화상
— 그 날의 기억

기뻤다 해방이다

그 후 다섯 해
일요일 새벽
총성에 탱크, 6 · 25다
아비는 밀짚모자 뒷춤에 모젤 권총을 숨기고 어둠 속으로 멀어졌다

은수저 베개 품은 할매와 보문산 방공호 앞
부산을 묻는 미군의 퀭한 눈을 본다
남쪽을 향한 손끝을 따라 흙투성이는 무리지어 삶을 향한다

고향식구의 기다림은 어쩌라고
길옆 처참한 시신들

젯트기 소리 따라 번쩍 쿵 터지는 포탄
제 식구 붙잡기도 힘드는데 이웃은 볼참 없네
내 민족의 피로 갚을 죄가 무엇일까
얼마나 더 흘려야 갚아질까

총성은 멈춰도 멀리 황천 간 외가의 굳게 닫힌 문

어머니 피눈물과 삼킨 울음
흩어진 혈육 여기저기 목발과 갈고리 군상

땅을 파고 거적 위 그늘 찾아 보낸 학교엔
고아원 친구가 엄청 많네
흙수저 찾는 일 신문배달에 앙꼬모찌 얼음과자 뿐
굶는 게 일상 물배로 보낸 나날 군대 입대하니
빠따에 궁둥짝 아파도 밥이 있어 좋았네

인생 뱃길 출발은 순풍인데
사변바람에 피바다 속 피난길
암초 앞 붉은기 태극기 사생결단 포성이 멎고

배고픈 세월 가꾸고 일구어 땀 흘린 세월
자동차 홍수 속 교통체증 아우성
불경기 타령에도 욕심 죽이니 견딜만 하네

대나무

초등학교 4학년 자연시간 선생님은
대나무로 만들 수 있는 것 아는 사람?
물으셨지

예! 예! 너도나도 손 들고
먹이 달라는 제비새끼처럼 요란을 떠네요

나는 대소쿠리 영식이는 피리
관이는 우산 병철이는 낚싯대
꽃저고리 입은 순이는 나물바구니
아이들 목소리 따라가다 칠판이 모자랍니다

굽은 대나무는 찾을 수 없는데
쉬운 길 찾아 이곳저곳 기웃거린
내 굽어진 인생길이 부끄럽습니다

속을 비우고 살아 욕심 없는 소나무
스스로를 태워 죽염을 채우고
나물 담는 바구니 되어 봄 향기를 먼저 담고

피리소리로 자연을 노래하고 아픈 맘 위로하니
만고의 충신 이름 앞에

절개와 올바름의 대명사로 우뚝 서고
갈팡질팡 모든 이의 삶에 꿋꿋한 이정표가 되었습니다

안전띠

와장창 꽝!
정신을 차려보니 얼굴은 온통 유리가루 천지
양다리는 찌그러진 차에 끼어 꼼짝 못하고
핸들 잡은 아내는 에어백에 얼굴을 묻고 있다 고개를 든다

오른쪽 다리를 비틀고 용을 써 먼저 빼고
왼발도 비틀어 간신히 무릎을 끌어 차에서 빠져나온다

입안에 범벅된 유리가루를 뱉고 119에 전화를 건다
아내와 나는 앰블런스에 실려 병원으로 가고
정비공장 기술자는 박살난 범퍼를 보고 폐차를 권한다

피곤한 나대신 운전대를 잡은 집사람
도로공사로 앞차가 속도를 늦추자 순식간에 정지를 못하고
앞차를 들이받았다

차 전면이 찌그러지고 완파를 당했지만
안전띠 덕분에 큰 화는 면하고
얼굴엔 온통 유리조각이 박혀 피투성이가 되었지만
안전띠 덕분에 치명상을 피했다

무릎의 뼈도 안전하다는 병원진단

안전띠는 생명띠라고
요즘 나는 안전띠 전도사가 되었다

보고픈 전우

새벽 어스름 속 밝아오는 병원 창밖을 본다

1967년 베트남 퀴논 맹호사단
잠이 모자라 졸며 보초서다
주번 사관에게 걸려 암호를 더듬거린다

영창 대신 바리깡으로 머리가운데 고속도로 내고
알철모에 판초우의 입고 땡볕 연병장을 뛰던 일등병
75세 된 지금도 베트남 전선을 뛴다

C레이션에 담배를 나누어 피던 전우들은
지금쯤 백발에 집 찾기 어렵지 않을까
걱정이 앞선다

보고 싶은 옛 전우 얼굴 찾아
길을 나서볼까
전남 무안 망운면 00리와 김광연이 맞는가
자신이 없다

편지라도 끊이지 않게 할 걸
살기 바쁘다고
해 뜨면 나가 달 보고 들어오느라 미루고 미루었더니

보고 싶은 마음 굴뚝 같고
망설이는 동안 하루하루 세월만 간다

동동 구루무

나 어릴 적 시끌벅적 장터에 북소리 둥둥둥
깨끗한 한복에 댓님 묶고
하얀 단지 가슴에 안은 멋 부린 청년
북채 잡은 구루무 장수
곽채 파는 아가씨 뒤따르고

예쁜 딸 생각에 용기 내어 사는 아저씨
마누라가 좋아할지 몰라 망설이는 아저씨
먹고살기 힘든 시절
지게에 고등어 자반 매단 채 지갑을 못 여네

손자 손에 인절미 시루떡 사주려도 큰 맘 먹는데
선뜻 나서 구루무 사는 아줌마 아저씨 안 보이네

둥둥둥둥 북소리 요란해도
구르무는 애써 쳐다보지 않고
귀를 막았나 땅만 보고 걷고
팥죽 수제비 먹느라 그릇만 보네

바르면 고와져요 바르면 예뻐져요
목 터져라 외친다

>

펄쩍뛰며 좋아 할 딸자식 마누라 눈에 선해도
봉지쌀 손에 들고
잘 버는 날 사다줘야지
짠한 마음에 귀를 막고 돌아서 간다

잡초

숨차게 산길 오르는 내 발목을 잡초가 잡네
뿌리치는 발길 붙잡고 잡초가 하소연 하네
사람을 진실로 이롭게 하는데 잡초라 외면하니 서운하대요

논둑 밭둑 돌보는 이 없는 외긴 길도 장맛비에 씻겨갈까
동무들과 얼키고설켜 붙잡아 줘도 고마워 않는대요

물주고 가꾸는 이 없어도 군소리 없고
뙤약볕에 잘라 잎을 말려도
푸른 잎을 내어주어 소와 염소 배불려도 본 듯 만 듯 스치네요

쓸모없는 황무지에서도 빼곡이 자라
귀뚜라미 풀벌레 소리로 여름밤을 채우고
인간이 버린 쓰레기 더미 악취가 나도
잡초로 덮고 또 덮어 새들의 보금자리 만들어도
시원한 물 한 잔 칭찬 한 번 없네요

물 속에 집을 지어 잉어 붕어 숨바꼭질하고
알 낳고 행복한데 강태공조차 고맙단 말 없네요

잡초는 음지 양지 가리지 않고 자연의 조화를 이루는데

잡초 같은 내 그림자는 허전하기만 하네요
우리 모두 같은 마음 같은 처지예요
청개구리 맹꽁이 하늘을 바라보며 위로합니다

스키장

커튼 너머로 햇님이 벌건 얼굴로 일어나라 독촉하네
퉁퉁 부은 눈 비비고 일어나니
화가 풀린 햇님 눈부신 얼굴로 반기네

평지 입구 눈밭
철사 두 줄 신나게 달리던 나무썰매 대신
고무튜브에 뉼놀이 레저보트 용도 변경한
안전한 특제 놀이기구 환골탈태했네

산신령의 후손들이
하얀 스키복에 하얀 눈가루 휘날리며
거꾸로 처박힐 듯 내려오고
산 아래 군상들 흰 눈을 반기며 환호하네

하늘의 자손들은 하나같이 멋지게 잘 생겼네
남자도 여자도 모델 같은 차림
알록달록 스키복 국제 세미나장처럼
온갖 외국어가 난무하네

걱정 근심 없는 천국에 왔나
물가 인상, 버스비 인상, 데모하는 소리 없고
돈까스 이만 원 비싸다고 항의하는 1인 시위대도 보이지

않네

주차장엔 빽빽한 캐딜락 벤츠 렉서스
바다 건너온 이름 모를 차들로 가득하니
성경공부 시간 살아서 천국을 본다더니
내가 천국에 살아서 왔나 죽어서 왔나
얼굴을 꼬집으며 깊은 물음을 물어본다

한 세대를 보내며

어린 날
파란 하늘 눈부신 태양이 솟는 아침
몸도 마음도 씩씩하여 청운의 뜻 품었다

비바람 찬 서리에 영롱했던 눈빛은
안개 속 숲속을 헤매듯 흐릿해지고

또렷하고 밝던 눈은
돋보기 앞에서야 문맹을 면하고
배움의 열망은
뜨거운 용암 분출도 못하고
아슬한 기억 속에서 부르르 떤다

응앙 울음 하던 몸도 마음도 흠 없이 깨끗한 시절
문 열어 높은 산 먼 바다 대양을 품었더면

대서양에 배 띄우고 세느 강변 나폴레옹을 보았다면
라인강의 기적과 오대양의 공장굴뚝을 복사했다면
왜구의 총칼은 꺾이고 여리고 순박한 소녀의
한맺힌 눈물과 몹쓸 상처는 비껴갔을 것을

힘의 논리로 돌아가는 세상

젊은 아들아, 딸아
촌음을 아끼고 주경야독으로 선진문명에 앞장 서 가라!

나의 님

피난민 친구 따라 상고머리 보통 키 아이 주님 품에 안겼네
누구도 나에게 관심주지 않을 때
하늘 종이 땡땡땡 은은하게 들린다
노래를 가르쳐 주고 정든 손 잡아주었네

수요일 밤, 고모님과 약속한 임춘앵 악극단 관람도 포기하게 만든 님,
운동화 잃어버리고 맨발로 터벅터벅 밤길 걸어올 때
환한 달빛으로 어둔 길 밝혀주신 님,

중학생 교복입고
단발머리 여학생과 책을 주고 받으며 미소지을 때
위에서 내려보며 함께 웃으시던 님,

파란눈 신부님은 무얼 먹고 사실까
살짝 문열고 밥상 살펴 보니 흰밥에 까만 김
궁금증이 풀리고

크리스마스 자정 예배
집집마다 새벽 송 돌며
고요한 밤 거룩한 밤 부를 때
함박눈이 살포시 내려 어깨에 쌓이고

집에 돌아가니 선물처럼 태어난 어여쁜 딸,
첫아들 키워보지도 못하고 가슴에 묻고
눈물을 삼키면서도 원망은 꿈도 못 꾼 님.

아이들 첫 입학, 첫 영성체, 첫 세례
70년간 한 마음으로 모신 축복의 님,

궁지에 몰린 사업, 눈물의 기도, 인내를 배우고
나의 삶은 한 걸음씩 주님께로 가까워 간다
다윗처럼 남은 생은 일천 번제로 드리기로 마음 먹는다.

양파와 춘장

보릿고개 점심은 꿈도 못 꾸던 때
우리 사장님
이쑤시개 입에 물고 풍기면 한없이 부럽던 그 냄새
청요리 먹었다 표시 냈던 양파 한 조각

껍질 속 풍만한 하얀 속살
벗기는 눈에 눈물까지 쏟게 하니
기억 속에 떠오르는 청순한 여인의 얼굴이네

춘장만 있으면 너무나 잘 어울려
오랜만에 만난 친구 짜장면으로 통일했지

검은머리 파뿌리 흰머리가 되도록
모두 다 좋아하는 양파와 춘장

양파처럼 하얀 마음 품은 그녀를 만난 나는
속 시커먼 춘장이라도 행복한 남자

죄송해요, 어머니

이 핑계 저 핑계
자투리 시간 내고 찾아가 생색내는 자식
무엇이 이쁘다고
흰 머리 휘날리며 반색하신다

주름 가득한 어머니 얼굴 보니 가슴이 미어진다
꽃들도 고개 숙이며 아름답게 빛나던 어머니

웃음 잃은 표정으로 상을 차려주시고
등굣길 인사도
고개만 끄덕이며 돌아서던 아련한 추억

남북 전쟁, 부모죽음, 생사조차 알 수 없는 동생들
소리쳐 찾고 싶어 뛰어나가 수소문해도 알 길 없네.

슬픈 어머니 앞에서 저절로 굳어지던 표정
웃지 않고 자란 어린 시절

세월 지나 보니
억지로라도 웃겨드릴 걸 그러지 못했네
이제야 머리를 조아려보네

시 찬양

목구멍이 포도청인 내가
비단옷 두른 부유함을 느끼게 하고
세상일에 묶여있는 너와 나를
서울로 바다로 오가는 자유인을 만들어 주고
벙어리인 내게 말을 가르치고 자연을 노래하게했지

땅만 바라보고 걷던 나의 눈을
넓은 대지와 아름다운 산천초목과
푸른 하늘의 광활함을 깨닫게 했지

신들만의 세계를 알게 하고
인간평등의 세상을 꿈꾸게 하네

봄 처녀 마중하다가
소나기 맞으며 태풍구경
눈송이 맞으며 북풍 속 옷깃 여미는 것도
눈감으면 다 느끼게 해주는 시의 세계

시를 마음껏 찬양 하고파도
내 눈이 작고 입이 작아
답답한 마음 가슴이 막힌다

>

그래도 신께 감사한 것은
좋은 시를 보고 기뻐하고
즐기고 웃고 감격함이며
온 세상 안을 수 있는
너그러운 시인의 마음이라네.

배 한 초

나는 행복합니다 외 2편

나는 행복 합니다

나는 행복합니다
이 세상에 태어나지 않았더라면
아빠 엄마는 어디 가서 불러보고
산과 들은 어디 가서 구경하고

꽃과 나비와 어디 가서 놀아보고
그리운 벗들은 어디 가서 만나보고
산새소리 귀뚜라미 울음소리 어디서 들으며
밤하늘 별들은 어디 가서 헤아려볼까요

앨범

그리운 마음에 앨범을 열어보니
그녀와 함께 찍은 사진이 있네

보고픈 마음에 집을 나와 길을 걷네
저기 골목 끝에 그녀가 사는 집이 보이네

담 너머 마당에서 강아지와 놀고 있는
그녀의 웃음소리가 들리네

함께 노래 부르고
시낭송하던
복지관 수업 시간이 그리워지네

내가 노래 부르면
깔깔깔 웃고
오빠 멋있어 박수를 쳐주던
하얀 얼굴 그녀가 보고싶어지네

새로운 행복

날마다 새 날이 오고
태양의 움직임을 따라 숨을 쉰다

태양은 날마다 나를 찾아와
사랑한다 말하며 햇빛 비추고

당연한 것처럼
나는 늘 고마움도 사랑도
잊고 살았네

장마철이 되어서
긴 날 동안 해가 떠오르지 않았네
찌푸린 하늘이 미워지고
나는 하늘을 원망했네

장마가 지나고
다시 해가 찾아왔네
나는 다시 숨을 쉬고
나는 다시 해를 사랑하고

눈에 보이지 않는다고
미워하던 모든 것

새롭게 사랑하니
해처럼 따뜻한 마음 행복이 넘치네

송 직 호

요로결석 외 13편

요로결석

옆구리가 아프다
빨래를 비틀어 짜는 듯한 통증

가슴을 후벼 파는 이름
맨 처음인양
찌르듯이 파고드는 이름

시간이 갈수록
활활 타오르는 모닥불 같이
거세게 타오르는 불길

밀어내면 밀어 낼수록
더욱 집요하게 파고드는 이름

그녀의 이름이 결석처럼 파고 든다

달력

새해가 되면
하얀 벽에 걸리는
너는 일년 이라는 세월

그 벽에는 사계절이 있다
많은 일들을 안고도 모른 체 넘어가니
얄밉기가 휘몰아친 바람같다

즐거운 날 힘겨운 날
벽 위에 나를 걸고 너를 걸고

세월은 흘러도 변하지 않고
또 벽에 걸리는 느긋한 몸짓
반기는 이 없어도
이맘때면 언제나 제 발로 찾아온다

어울림

돌보이는 한 송이 꽃 꿈꾸시나요?
나무에 달린 큰잎 한 장 바라시나요?
딱 한 송이 예쁜 꽃은 씨 만들기 어렵고
한 잎 달린 나무는 말라죽고 만답니다

더불어 함께 피어야 벌 나비 떼 찾아오고
자질한 잎들
저마다 건강해야
큰 나무로 자랄 수 있는데

생김새로 자랑하거나 타박할 일 아니고
오가는 날 늦거나 이르다고
웃고 울 일 아니겠네요

나의 노래 한 방울

시간이 멈추었다
열두 해 허무한 나날들

당신과 나 사이는
너무도 깊은 관계처럼 얽혀 있어
황금 같은 나의 청춘을
너무도 빨리 가져가지

악몽에 떨어지기 전 바로 그 지점
악몽을 거부하다 미쳐버린 바로 그 자리

이제야 나는 살아 있다 살아 있다
외치는 극빈의 순간
떨어지는 한 방울
울부짖는 나의 노래

벚꽃

오래된 벚나무 몇 그루
아주 멋을 내고 서 있다
하얀 강냉이 튀밥을 덮어 쓴 것처럼
탐스럽고 보기 좋게 다복이 피어
흰 눈이 쌓인 듯 아름답다

신선이 사는가! 천상이 이럴까!
봄이면 모습을 나타내고
눈처럼 하늘로 날아올라
세상을 향해 천천히 춤춘다

사르륵 사르륵
소리도 없이 천사가 날갯짓하듯
날아올랐다 내렸다
돌아 떨어져 눈이 된다

벚나무 몇 그루 고독을 이기며
서로를 위로한다

떨어지는 벚꽃을 바라보며
새 봄을 기다린다

그늘 농사

곡식은 그늘이 지면 안된다
햇볕을 못 받으면 쭉정이
흉작이 되어
사람 마음에 그늘이 진다

인생은 그늘 농사다
부모 그늘 아내 그늘 자식 그늘
아버지는 자기 가슴 속 그늘을
잘 늘려야 풍성한 열매가 맺힌다

어쩌나 나는 그늘이 없어
농사를 망친 것 같구나
재밌고 따순 햇살 농사는 쭉정이 농사다

재밌고 따순 곳은 유혹이 많다
여자 놀음 술 마약
그러니 따순 햇살 농사는 쭉정이 농사가 되기 쉽다

인생 그늘 농사는 구석구석
그늘을 잘 만들어 주고 보살펴
정성을 들이면 알찬 열매를 맺는다

또 하나의 이별

꽃을 보았다
멀리 보이다
살포시 웃으며 신작로를 걸어온다

화창한 봄 꺾지 않은 꽃이 보인다
향기를 풍기며 다가온다
웃으며 꽃을 본다
오래 보고 싶어 꺾지 않은 꽃
그 꽃과 이별을 해야 한다

꽃이 떠나는 날
멀리 떠나가 못 보게 될까 두려워진다
시간이 자꾸만 간다

작은 시골 신작로
약속한 버스는 뿌연 먼지를 날리며 빠르게 온다

버스는 괴물처럼 웅웅 덜컹거리며 앞에 서고
꽃이 웃으며 탄다
난 속이 탄다

괴물버스가 떠나며 흙먼지를 날린다

차창 너머로 어여쁜 그녀가
손을 흔들며 작별을 한다

두 손 들어
선채로 산이 되어 버스만 보고
한숨 서리게 외로운 신작로를 밟고 서 있다

목욕탕 풍경

문을 열고 들어가니 수증기가 자욱하다
많은 군상들이 벌거벗고 자신의 몸을 내 맡긴다

임신도 안한 남자 임산부가 많다
바가지배 물고기배 풍선배 돼지배
가지가지 배들이 널부러져 있다

대머리 아저씨들이 뜨거운 탕에서
어허 어험 시원하다 말한다
뜨거운데 시원하다고 외친다

따라온 어린 아들인가 손주인가는
뜨겁다고 외치며 도망간다

안쪽에선 때밀이가 한손에 때 타올과 수건을 감아서
탁탁 치며 때를 열심히 민다

등이나 배를 칠 때마다
손님도 시원하게 몸을 뒤집는다

판 위에서 할아버지 온몸이 벌겋게 벗겨지고
냉탕에선 손자들이 물놀이 한창이다

왁자지껄 떠들며 수영과 다이빙도 하고
사방에 찬물 튀겨 급기야 혼이 난다

사우나 안은 누가 오래 견디나 내기 중이다
흐르는 땀이 폭포를 이뤄도 좀처럼 항복하지 않고
벗겨진 머리에선 샘처럼 땀이 솟는다

목욕 마친 사람들
탈의실 바닥에 누워 수건 한 장으로 얼굴 가리고 잔다
수건 한 장에 세상이 가려진다
내 배보다 더 나온 형님의 배
서로의 배를 두드리며 사이좋은 돼지형제 껄껄 웃는다

쌍무지개

계족산 허리에 무지개가 떴다
오랜 장마 그치고
밝은 햇살과 예쁜 쌍무지개
하늘로 다리를 만들고
힘든 나를 오라 부르는 것 같다

연한 바람은 무지개 사이로 불며
바람에 날리고
나는 한숨 바람을 입술로 불어내며

내면의 어려움을 떨쳐버리려
애쓰고 있는 내 마음
쌍무지개에
띄워 보내고 싶다

무지개다리 건너
외연이라는 세상이 그립다
쌍무지개 저 너머
신세계 있다면 병이 없는 낙원일까

두 손 두 발 링거 줄에 꽁꽁 묶인 채
휘파람 한숨 불어 무지개를 그려 본다

>

쌍무지개 넘어 신세계
그립고 보고 싶다
두 발로 껑충 뛰어 가 보고 싶다

손수건

언제부터인가
나의 마음을 대신해 준
고마운 것

헤어질 때 내 손에서
흔들리던 네 모습
하안 손수건

슬플 때면
내 눈물을 닦아주던
손수건

기쁠 때는
내 입술 감춰주던
손수건

너는 언제나
내 마음을
대신해 준다

유리창 캔버스

병원 유리창 캔버스 위
움직이는 그림을 감상해 본다

무덥던 여름이 가고 하늘은 점점 높아만 간다
쌀쌀한 가을바람
창밖엔 호수처럼 파란 하늘
뭉게구름이 그림을 그리며 가고 있다

왼쪽 캔버스 화산이 폭발한다
오른쪽 히말라야 설산이 햇빛을 받으며
웅장함을 그려내고

앞쪽 투명한 유리창
코끼리와 기린이
서로 빨리 가고 싶다고 이야기하며 흐른다
하늘이 평원처럼 자유롭다

몇 달 째 코로나로 근심걱정을 하니
내 마음은 검은 하늘처럼 우울하다

마음의 붓으로
604호 병실 유리창 캔버스에
하얀 평화를 그려본다

이파리의 명상

— 아내에게

건강하지 못한 이파리들을
털어버린 까닭일까

분에 넘치는 이파리들을 떨쳐버린
참회의 눈이
어둠을 틈타
비어 있는 천장을 바라보네

부끄러움이 밀려온다
내게 주어진 삶의 무게
오롯한 무게만을 감당하고 싶다

가끔은 몸을 돌려
피땀으로 얼룩진
바위 같은 무게를 버리고
홀가분한 아침 햇살에 눈부시고 싶다

가을은 만남과 헤어짐이
서툴지 않은 세월
당신과의 봄날들이 바람처럼 흘러간다

>

너무 빨랐던 우리의 만남
더 빠르게 다가오는 우리의 결별

단풍으로 붉어진 마음이
당신의 주소로
고백을 담은 편지를 보낸다

잡채

팔 개월의 병원생활
사람도 귀찮고 음식도 귀찮다

몽롱히 눈이 풀린 날
서리맞은 고춧잎처럼 시들은 병원 아침
정수기 물 한 모금 마시고 식판을 물린다

참기름 냄새가 고소하게 풍겨온다
아내의 손에 들려온 보따리를 풀자
작은 비닐봉지에 담긴 잡채주머니가 나온다

남편 생일이라 좋아하는 잡채를 했어요
병실 환자들에게 하나씩 나눠주며 웃는다
쉰 세 살 총각 환자, 예순 살 노총각 환자
일흔 살 홀아비 김영감까지
나무젓가락으로 잡채를 먹는다

병원 안이 참기름 냄새로 도배를 한 듯 고소하다
여기저기 킁킁
참기름 냄새를 찾아 환자들이 기웃거린다

푹신한 이불 같은 하늘에

아내 얼굴 닮은 하얀 구름이 떠간다

넘어가는 햇살 속에 지천으로 날리는 아내의 하늘미소가
삶의 허허로운 바람을 날려보낸다

어머니 손길 같은 따스한 아내 마음에
웃음을 피워 올리며
아내의 하늘미소를 따라해 본다

퇴원

긴 장마였다
먹구름이 파란하늘을 덮더니
솔잎 사이로 빗소리가 들어왔다

제비꼬리처럼 뾰족한 소낙비
바닥에 떨어지며 하얀 왕관을 만든다

바람 사이로 비가 솔잎처럼 들어온다
솔잎이 빠진 머리털처럼
비를 안고 흔들린다

창밖으로 보이는 갈래길
다시 검은 색으로 덮인다
오가는 사람 없고
세찬 빗줄기가 음악을 만든다

쏴아 타다닥 탁탁 탕탕
지붕이 튄다
타악기가 되어
고요한 어둠속에 흥겨운 가락을 연주한다

신 영 일

춘분에 내린 눈 외 7편

춘분에 내린 눈

쌀쌀한 기운에
움츠러드는 몸

창문을 여니
소리 없이 내린 눈이
밤새 하얗게 대지를 덮었다

앙상한 나뭇가지들
막 피어나고 있는
개나리 매화꽃들 위에
흰 눈꽃들이 소담스레 피었다

때늦은 눈이
피어나는 봄꽃을 시샘하며
하얀 겨울 왕국을 만들었다

여름

가장 싫어하는 계절이다
식욕도 떨어지고
수면장애도 생긴다

나 어릴 적
냇가 주변에 살던 우리 집
장맛비로 인해 흙벽이 무너져
피난 가던 기억 씁쓸하다

교회에서 간 여름캠프
삼복더위 잠도 못자고 고생했던 기억

매미 울음소리는
나를 더욱 덥게 한다

그러나 여름은 뜨거운 열기로
가을을 풍성하게 축복해 준다
나도 저 느티나무처럼 인내하며
뜨거운 여름을 칭찬하고 싶다

어머니의 꽃길

어머니 기제 날
우리 삼남매는 차를 타고
아침 일찍 성묘 길에 나섰다

꽃을 좋아해
틈틈이 베란다에 화분 들여 놓고
꽃분 가꾸신 어머니

꽃을 바라보시며 한숨 달래시고
노래로 한을 묻으셨던 어머니

뇌출혈로 쓰러져
세상도 잊고 자식도 잊고
병상에 기억 내려놓은 지 육 개월 만에
따뜻한 봄날 꽃길 따라 하늘가신 내 어머니

열두 해가 지났어도
어머니 떠나가신 길 눈에 밟히네
오늘도 그날처럼 동학사 길 따라 수놓은 벚꽃들

공주 황해도 도민의 산 중턱 어머님 산소 오르는 길
개나리 진달래 벚꽃 무수히 피고

이름 모를 갖가지 꽃들도 어울려 핀 그 길
어제처럼 오늘도 그대로입니다

이 길은
홀로 사남매 키우느라
고생고생하신 어머니께
하늘이 선물한 어여쁜 꽃길

어머니의 꽃길 따라 가득가득 사랑이 피었습니다
자식들 웃는 웃음소리 자장가 삼아
어여쁘신 울 어머니 편히 잠드세요

봄이 오는 길

삼월 꽃샘바람에
아직 겨울외투 벗지 못했는데

성미 급한 산수유 노랗게 피어나고

마른 풀섶 헤치며
고게 내민 민들레꽃
노랗게 웃고 있네

기와담장 넘어 뻗어 나온 가지
매화 꽃망울 터트리며 봄소식 전하고

능운*과 함께
복지관 가는 길
내 마음도 봄처럼 화알짝 피어난다

* 신영일의 아내 왕능운.

연두 빛 꽃봉오리들

눈이 녹고 비가 내린다는 우수
저녁부터
봄비라 하기에는 이른 듯한
차가운 비가
대지를 촉촉히 적시고 있다

떠나기 싫은 겨울
어서 오고픈 봄의 다툼
한밤중 요란한 천둥소리
잠을 설쳤다

쌀쌀한 바람
시샘하듯
봄이 오는 길목을 막아서지만

가지 끝에는
연두 빛 어린 꽃봉오리들
터질 듯 가슴을 내밀며
봄맞이 바쁘다

쑥

어느 봄날
엄마와 우리 사남매가
논두렁 밭두렁 길을 따라
봄을 캐러 나섰다

내 바구니엔
쑥 한 줌 풀 한 줌
엄마 바구니에는
쑥이 한 가득

그 날 저녁
향긋한 쑥버무리가
식탁에 올랐다

엄마, 내일도 우리
쑥 뜯으러가요

구절초

서른다섯 꽃 같은 나이
약속한 아버지와 사별한 뒤
사남매 품에 안고 죽어라 일만하다
온몸에 병만 짊어지신 가여운 내 어머니

제대로 된 약 한 첩 대신
뜨거운 여름에는 익모초 한 사발
가을엔 쓰디쓴 구절초 달여 마시며
힘든 세월 장승처럼 버티시던 어머니

익모초와 구절초는
어머니를 지탱해 준 유일한 약초였네

올해도 어김없이 어머니 무덤가에
하얗게 피어난 구절초

그리운 어머니가
함박웃음 머금고
머리가 하얀 초로의 아들을 기다립니다

잃어버린 계절

계절은
가을로 접어드는데
우리의 삶은 겨울왕국에 갇혔다

온 세상이
공포와 두려움
거리 두기로 발이 묶였다
코와 입도 가려졌다

언제나 언 땅에 봄이 오려나
관심과 배려
이웃을 내 몸처럼 아끼는 삶이
봄을 오게 할까

* 밤낮으로 애쓰시는 의료진들과 이 일에 종사하는 모든 이들과 질병관리청의 노고에 위로의 박수와 찬사를 보냅니다.

오 유 진

말문이 열렸네 외 20편

말문이 열렸네

토요일 저녁 새로운 드라마 볼 때도

말문이 열렸네

요즘은 많은 사람들이 대화할 때
경청을 하면서 끼어든다

말문이 열렸네

선생님에게 문자 보내는 것도
월요일에 만나서 먼저 인사하는 것도
말문이 열렸다고 한다

어제도 웃음치료에서도 말을 잘했다
말문이 열렸다고 한다

그동안 안 했던 말들이 마음 속에서 톡하고 튀어나온다
말하는 유진이가 돼서 기분이 좋다

앞으로도 말을 잘 해야지
TV에 출연하는 아나운서처럼
말을 더욱더 잘 해야겠다

캘리그라피

처음엔

캘리그라피를 쓸 때

떨리는 손 가지고

붓을 길게 잡아서

흔들리면

물을 넘치게 붓글씨를 썼다

지금은 집중해서 캘리그라피도 잘 쓴다
점점 옛날보다 좋아진 게 많아서
너무너무 기분이 좋다

나에게 건네는 말

다 괜찮아

괜찮아 유진아
마음 아파하지 말고
용기를 내

누구나 그럴 수 있어

유진아
넌 참 씩씩해서
해낼 수 있을거야
일어설 수 있을거야

전에는 몰랐던 것들

어렸을 때는
어떻게 표현하는지 몰랐다

고마운 마음
미안한 마음
사랑하는 마음

내가 잘못했을 때
사과하는 마음까지

아파서 병원에 있으니
생각이 많아진다

많은 것을 잘 표현하는 마음이
어른 마음인 것을
이제 알게 되었다

제주 이야기

청주 공항에서 만나 비행기를 탔다

맛있는 것 먹고
레일바이크도 타고
본태 박물관도 보고
빛의 색채도 보고
빛의 그림도 보았다

나도 미술시간에 저렇게 그림을 그릴까
정말 저렇게 그릴 수 있을까

제주도 커피도 한 잔 마셨다

천년의 숲 비자림에는
나무도 많고 숲도 많았다

이중섭 미술관에 들러 해설가한테 설명을 듣고
전망대로 올라가서 사진을 찍었다

2박 3일의 즐거운 제주도 여행이 마음에 담겼다

은행잎

아름다운
내 마음같이 이쁜 낙엽
내 얼굴도 낙엽처럼 예쁠까

떨어진 낙엽을 보니 아름답다
떨어지는 낙엽을 따라 어디론지 가고 싶다

도전

운동도 열심히 해서
이제는 안 넘어지고
어디라도 혼자서 다닐 수 있다

기차 안에서도
엄마랑 같이 앉았었는데
이제는 따로 앉는다

도전이 중요하다
나는 늘 도전한다

행복

지난해 다리 골절되어
병원에 입원하고 수술하고
철심과 핀을 박았다

퇴원해서 집에서 한참 쉬다
복지관에서 성악과 운동을 배우고
교회도 가고 물리치료 미술치료도 시작을 했다

일년이 지나
핀 제거 수술을 하기 위해
삼박사일 동안 입원을 했다

퇴원해서 통원치료하고
어제는 실밥 뜯고
제대로 프로그램을 하게 회복되었다
나는 기분이 좋고
감사한 마음 행복이 넘친다

내 방

내 방에는
누워서 잠을 잘 수 있는
침대가 있고
화장할 수 있는 화장대가 있고
마음대로 입을 수 있는
옷이 모아져 있는 옷장이 있고
신고 벗는 양말이 담겨져 있는
서랍도 있다

귀중한 내 방

칭찬

왕언니가 캘리그라피 시간에
말을 잘 한다고 칭찬해 주었다
처음보다 많이 좋아졌다고 했다

그런 소리 들으니
생각도 많이 하고
프로그램도 더 열심히 하게 된다

많이 좋아지고 있구나

흐뭇하고 좋다
앞으로도 열심히 해서
기적 같은 프로그램을 만들어야지

통영 나들이

복지관에서 사람들하고 버스를 타고 나들이를 갔다

해물찜을 먹고
한산도에 들어가는 유람선을 탔다

한산도는 동백나무 숲으로 뒤덮여 있고
공기가 좋고
풍경도 좋았다

해물뚝배기도 먹고
노래도 즐겁게 부르면서 가고

같이 간 봉사자들이
내가 노래 부르는 것 보고
박수를 쳐 주고
내가 말하는 것도 잘 알아들었다

집에 돌아오는 길
호텔 조식을 먹고
점심엔 삼겹살도 먹고
사람들과도 많이 친해진 나들이였다

데이트

아빠랑 둘이서

보문산에 갔다
으능정을 갔다

으능정이에 가서
떡볶기랑 튀김도 먹고

커피 전문점에 들어가서
맛있는 커피도 마시고

옷도 사고
아빠랑 7시간을 보내고
집으로 돌아왔다

스카이 타워

서울 롯데 스카이 타워 117층에 올라갔다
아래서 보던 아파트도 차도 모두 장난감 같아
한강에 흐르는 물이 보이지 않는다

사진을 찍었다
비행기가 내 옆으로 날고 있다

123층에 가서 저녁을 먹었다
빌딩 사이로 지는 해를 보았다
해가 나보다 낮은 곳에서 지고 있었다

아픈 엄마와 나

나는 몰랐다
엄마도 아플 수 있다는 것을
나만 아픈 줄 알았다

엄마가 아프다
나는 혼자서 할 수 있는 것을
생각했다

혼자서 준비하기
일찍 일어나서 독서하기
고집도 안 피우고 게임도 안 하기

엄마 걱정 안 하시게 노력하기
그리고
엄마 빨리 건강 회복하시게 기도하기

코로나 점

코로나가 길어지면서
내 마음 속에 점이 생기기 시작했다
점은 점점 커지고 개수도 많아졌다

내가
다리 골절 당했을 때부터
물리치료 다녔는데

코로나 때문에
병원에 물리치료도 못 가는 점
교회도 못 가는 점
운동도 못 하는 점
피아노도 못 치는 점
여행도 못 다니고
노래도 못 부르는 점
사람들 많이 모인 자리도 못 가는 점
복지관에서 내가 하는 모든 프로그램을 못하는 점
카혼, 캘리그라피, 요가, 시낭송, 미술,
선생님들이랑 사람들하고 어울리면서 대화 나누고 싶은 점

빨리 코로나랑 이별하고 싶다

강아지

내 뒤를 졸졸 따라다니는 강아지
멀리 있어도 반갑게 뛰어오는 강아지
귀엽고 예쁘지만 무서운 강아지

아빠가 나를 보고
강아지처럼 손짓하며
이리오라 한다
강아지는 누가 봐도 귀엽고 예쁘다
아빠 눈엔 내가
강아지로 보이나 보다

잠깐

너무 급하게 말할 때도 잠깐
화가 날 때도 잠깐
짜증 날 때도 잠깐
큰 소리 지를 때도 잠깐
숨을 크게 쉬어 보아요

숲속 길

새벽 6시
공기가 너무 좋다
나를 반기는 소나무 감나무

아파트 정원 숲속길
새벽공기는 청량음료
희미한 안개가 걷히면
사람도 보이고
강아지도 보이는
예쁜 숲속 길 우리 아파트

아빠는

아빠는 호랑이
아빠는 아이스크림
아빠는 알파카
아빠는 가습기
아빠는 금붕어
아빠는 토끼
아빠는 나팔꽃
아빠는 봉숭아
아빠는 에어컨
아빠는 선풍기

나한테 잘해 주시는 자상한 아빠

봉화나들이

봉화에 계신 작은 아버지를 만나
향이 좋은 자연송이 버섯을 먹고
국립 백두대간 수목원
공기가 너무 좋아
힘들지만 열심히 걸어
호랑이 숲까지 올라가서 호랑이를 만났네

한 여름에 산타마을
성탄절 산타 할아버지
썰매를 끌어주는
루돌프 사슴 대신
무섭지만 귀여운 알파카를 만났네

혹시

엄마는 새 집이 좋다고
이사 가자고
아빠는 지금 이 집이 좋다고
이사 가자는 말하지 말라고

큰 소리 치며 나가셨다

혹시 엄마가 아빠 흉 본거를 다 아셔서
큰 소리 치신 건 아닐까

내가 회를 먹고 싶을 때도
장어구이가 먹고 싶을 때도

생각만 했는데
아빠가 사 주시는 걸 보면

아빠는 벌써
다 알고 계신 것 같다

왕 능 운

햇살 한 줌 외 16편

햇살 한 줌

이른 봄날 눈길 머무는 곳마다
살랑살랑 찾아드는 햇살 한 줌
스쳐가는 바람에 고운 미소 피어나
내 마음 한 자락 걸어 놓았네

마음의 문을 열고
들길 따라 나서니
구름을 안고 가는 바람 따라
내 마음 흔들리네

긴 그리움 설렘 가득 안고
들길 따라 떠나고 싶고
초록의 꽃향기로 피어날 따스한 한 줌 햇살에
내 마음도 취한 듯 황홀하네

연가戀歌

텅 빈 들녘에 나 홀로 서서
떠나가는 너의 모습 바라보니
눈물이 빗물되어
한없이 흘러 내리네

나의 슬픔 애써 지우지 않으리
떨어져 있는 시간만큼
더 많은 그리움에 보고파질 테니까

너의 따스한 얼굴에 살포시 미소 지은 모습
달콤한 향기로 붉은 장미 꽃잎으로
내 가슴에 너의 모습 새겨질 때

살아 있는 나
바람처럼 스쳐 가는 또 하나의 인연

부부

혼자는 늘 외롭고 부족하지만
둘은 언제나 서로의 부족한 것을 채워주고
서로의 가슴 속에 남아 미소 짓는 사랑
우린 행복합니다

그대와 함께 하는 세상
우리 사랑 영원히 변치 말고
나는 그대의 반 그대는 나의 반
우리는 하늘이 맺어 준 하나이면서 둘

그대와 나의 생명 다하는 그날까지
우리 사랑 변치 말고
나는 그대의 아내 그대는 나의 남편이 되어
오래도록 행복하게 살아 보아요
아름다운 사랑이 되어준 나만의 그대

봄 냄새

향긋한 산 냄새 풍겨 오는데
아직 시린 찬바람에
옷깃을 여민다

겨우내 묻어 두었던 언 땅
잔잔한 바람이 새순 곁을 맴돌아요

가지에 새순이 돋고 줄기에 새움이 돋아요
초록물이 들고 노란 꽃이 피어요

개나리 봄꽃
봄 기다리는 마음 아는 듯
가지마다 꽃을 피워요

눈웃음 가득 봄 햇살 담고
어느새 봄이 왔네
어린 꽃들 지켜보며 활짝 웃어요

봄볕

따뜻한 기운받으며
대지가 겨우내 품고 있던
씨앗을 키운다

새싹 돋은 풀섶에
살포시 내려앉은 봄 햇살
꽃망울을 틔운다

따스한 햇살 받으며
꽃들의 향연이 펼쳐진다

내 사랑

그때 나는 알지 못했어요
내가 갈 곳 없어 외로움으로 방황할 때
당신은 나를 빛으로 인도해 주었어요

보잘 것 없는 나를
구원의 빛으로 인도해 주었어요
태양처럼 환한 세상이 다가왔어요

차가운 가슴을
따스한 온기로 채워 준 당신

당신으로 인해 나는 다시 태어났어요
나의 모든 것이 바뀌었어요
자꾸만 설레는 마음
보고 있어도 자꾸 보고 싶어요

당신의 향기를 나에게 주세요
마음을 나누는 것이 참 지혜임을
깨닫게 해준 당신

그대 향한 내 사랑을
잔잔한 노래로 불러봅니다

그리움

앞 산 자락에
내려앉은 구름

고요히 내려앉는 옅은 햇살
소슬 거리는 바람소리

그리움이 날개처럼 돋아난다
바람꽃 향기일까

가만히 두 눈을 감으면
가슴에 수를 놓듯 아련한 마음
그대 향기로운 목소리 귓전을 두드리네

먼발치에서라도
눈빛 한 번 마주하고 싶네

그대 남기고 간 향기
앞 산 자락에
구름처럼 내려앉네

가슴에 내리는 비

그대 미소 지으며 나를 보고 있나요
나는 그대를 보며 울고 있어요
내 마지막 사랑이 그대였기에
내 슬픔이 커져만 가요

나를 보며 미소 지었던 그대
먼 기억 속 잊혀진 그대가 되었어요
웃으면서 그대를 보냈어야 했는데
자꾸만 흐르는 눈물 감출 수 없어요

창밖에 추적추적 비가 내려요
텅 빈 내 가슴 채울 수 없어
눈물 가득 채워진 술잔을 마셔보아요

밤이 깊도록
그칠 줄 모르고
그대 향한 그리운 마음
창밖에 추적추적 비가 내려요

가을향기

조용히 시간이 흐른다
가을비 내리는 늦은 오후

26년의 세월
잡지 못한 아쉬움으로 남는다

곱고 인자한 그대 모습
내 가슴에 가득히 배어든다

창가에 흔들리는 나뭇가지처럼
살랑거리는 그대 볼웃음

따스한 차를 사이에 두고
다정하게 마주 앉은 우리

함박웃음 띄우며 정을 나누고
한결 같은 그대 사랑의 속삭임
서로의 가슴에 가을 향기로 남고 싶다

갈빛 외로움

잔잔한 가을바람에 흔들리는 갈대
고개 숙여 이리저리 꾸벅거리며
오가는 길손에게 인사하네

수많은 외로운 사람들 속에
아무도 알아주는 이 없어도
갈대는 방긋방긋 웃고 서있네

바람도 달님도 모두 자러간 깊은 밤
갈대의 고요한 흔들림은
웃음이 아닌 눈물인 것을
이제 알았네

삶이란 결국
외로움과 고독
갈대는 차마 깨닫지 못하고 있었네

그리운 친구

우리는 두 손 모아 기도했었지
서로의 우정 영원히 변치 말자고
하지만 너는 어느 날
저 먼길로 떠나 버렸지

너를 잃은 슬픔에
나는 가슴 저미도록 아파했지
위로조차 들리지 않고 울기만 했었지

자꾸 숨이 차고 아프다며
근심하던 너
우린 손을 꼭 잡고 함께 기도했었지
고통이 멈추고 두려움이 멈추길

어느 날 너는
홀연히 나를 두고 떠나 버렸지
고마운 친구야
나는 네가 맺어준 사람과 25년의 세월을
행복하게 살고 있어

오늘따라
네가 더 많이 보고 싶구나

그곳에서 고통 없이 잘 지내겠지

너를 만나면 내 품에 꼭 끌어안고
고마움의 눈물 기쁨의 눈물 흘리고 싶어

그때까지 나는 이 세상에 살면서
나를 사랑해 준 많은 사람들에게
부끄럽지 않은 삶 겸손한 삶
믿음의 삶을 살거야

보고싶은 친구야
먼 그곳에서
날 지켜봐 줄거지

어머니

가족들 모두 잠든 이른 새벽
홀로 깨어 하루 일을 서두르시던 어머니
아직도 어제의 피곤함이 그대로 남아 있건만
가족의 생계를 위해 지친 내색 없이
하루의 일과를 시작하시던 어머니

삶의 무게 짊어지고
밥집을 하시며 늦은 시간까지 애쓰시던 어머니
다섯 남매 키우시며 가난과 무지를 물려주지 않겠다고
입버릇처럼 말하시던 어머니

아버지의 사랑 밖에서
오로지 자식 위해 헌신하신 가여운 분
하루 종일 종종걸음 치며 쉰내 나는 젖은 옷을 입고 있어도
늘 고운 미소만은 잃지 않았던 어머니

아주 가끔 곱게 화장하고 예쁜 옷 차려 입고
뾰족구두 신고 거리에 나서면
온 동네가 훤해 보였던 어머니

곱던 모습은 세월에 찌들어 백발이 되었지만
기억 속 어머니는 아직도 곱기만 하다

>

삶의 무게 짊어지고 사신 한 평생
자식 위한 희생과 헌신으로 세월을 사신
진정 아름다운 나의 어머니

함박꽃

그대 뜨거운 포옹에
저항하지 못한 채
나는 한순간 압도당하고 말았다

얼굴은 화끈거리고
심장은 멈출 것만 같았다
온몸으로 전달되는
그대 사랑의 힘
머리부터 발끝까지
전류처럼 퍼져나간다

푸른 숲길 걸으며
말없이 마주 보던 눈길
먼 길 돌고 돌아
옛길을 되돌아왔지만
아직도 지워지지 않는
그대의 얼굴

잊으려 해도 잊을 수 없는
이슬방울보다 더 맑게 기억되는
그대 눈동자에 고인 순정

>

함박꽃 같은 그대의 사랑이
아련한 추억으로 피어난다

사랑

햇살처럼 따뜻한 사랑
당신을 만난 지 어느새 26년

세월이 갈수록
더욱 깊어진 사랑의 뿌리
아늑한 평안으로
행복한 삶을 채워갑니다

마음의 근심으로 슬프거나 외로울 때에도
고통으로 잠 못 이루는 밤에도
내 곁에서 다정하게
위로해 주는 당신

당신이 곁에 있어 수많은 행복을 누렸지요
하나님이 내게 베풀어 주신 은혜
감사한 마음 간증하며 삽니다

숲의 소리

안개로 덮인 이른 아침
새들의 지저귐에
나뭇가지들이 춤을 춘다

싱싱한 자연의 숨소리
산들산들 흔들리는 나뭇가지에서
녹색 이슬방울 톡톡 떨어 진다

창문을 활짝 열어젖히고
시원한 바람을 맞아들이고
푸른 녹음을 불러 들인다

숲과 나무들
햇살에 영롱하게 빛나며
장단에 맞춰 흔들흔들 춤을 춘다

코로나 공포

어느 날 갑자기 온 나라를 흔들고
죽음의 두려움으로
사람들을 묶어 놓은 코로나19

바이러스 때문에 사람들과
정담도 나누지 못하고
서로가 서로를 경계하는 어이없는 현실

봄은 새싹을 틔우며 우릴 향해 오고
한 잎 두 잎 고운 색
촉촉하고 선명하게 자라고 있네

거리의 나무에선 벚꽃이 만개해도
달려 갈 수 없어 안타까울 뿐

지천에 깔린
화려한 꽃들의 향연

꽃바람이 살랑거리며
유혹하지만
밖으로 나갈 수 없어 애가 타고

>

인적 없는 거리에서
꽃들은 생명을 다해 향기 날리네

바람에 꽃은 지고 세월은 덧없어라
코로나 때문에 갈 길 막히고
발길 끊어진 쓸쓸한 거리
마스크 속으로 봄날이 간다

폭우

먹구름이 온 하늘을 무겁게 덮으며 밀려오고
번개와 우레가 사납게 우르르 쾅쾅
굵은 빗방울이 나뭇잎이 찢어져라 세차게 때려댄다
지축을 흔들 듯이 온 땅을 뒤덮고
장맛비가 쏟아지니
폭우가 대지를 흔들며 지나간다

울긋불긋 진한 향을 내뿜던 꽃과 나무들
축 처져 늘어진 초록 잎새들
무섭게 내리는 장대비의 기세에
고개 숙이고 비가 그치기를 기다린다

올여름은 비가 많이 내린다
온몸이 눅눅하고 끈적임으로 견딜 수 없지만
여름 한 철 내리는 장맛비는
산천초목이 우거지고
오곡백과가 무르익는
풍요로운 추수의 계절을 바라보기에
인내할 수 있다

이 재 영

미운 오리 새끼 외 22편

미운 오리 새끼

깜빡깜빡 등이 나간 간판
한 손에 리모컨을 든
아주머니가 졸고 있는 구멍가게
한 귀퉁이에 얌전히 서 있는 유리 냉장고가
나를 오라고 윙크하고
나는 언제 벌써 그녀 앞에 서 있다

속을 꽉 채운 수많은 병들
뽀얀 얼굴 환하게 웃는
영탁이 막걸리가 눈에 들어 온다
그래, 오늘 우리 친구해 보자

찐하게 손을 잡고 집에 오는 길
은은한 가로등도 합석하자 따라 온다

꾹꾹
번호키를 누르고 들어 간 집
어제처럼 오늘도 캄캄하기만 하다

리모컨을 두드려
티비의 잠을 깨우니
비로소 떠들썩하니 움직이는 거실

>

아내의 맛은 상자 안에 있고
냉장고에서 꺼낸 햇반과 찌개가
오들오들 떨며 전자렌지로 달려간다

사람들은 어디에 기대어 살까
혼자 늦은 저녁을 먹으며 흘리는 눈물
채널을 돌리니
나같은 녀석이 또 하나 있네
웃고 있는 어머니 사진 앞에 미운 오리새끼 한 마리

캘리그라피

바람이 나무의 어깨를
흔들었나봐요

꽃잎이 사뿐사뿐 떨어지네요

마음 둘 곳 없는 아이처럼
이리 저리 종이 위를 서성입니다

꽃잎을 잡으려는 건지
마음을 잡으려는 건지
알 수 없지만
까만 먹물 묻혀 붓을 듭니다

하얀 종이 까만 붓
손길 따라 마음도 바빠집니다
굵은 허리 가는 발목
내려앉는 꽃잎들이
분홍빛 물감 머금고 눈짓합니다

선과 선이 이어지는
그림같은 세상
먹물 한 방울로
어지러운 마음을 다독입니다

봄을 삼킨 코로나 19

거실 앞 베란다에
노란 수선화가 피었다
작년에 사다 심은
히야신스도 피었다

마당 앞 담밑에
산수유가 노랗게 꽃망울을 터뜨린다

텔레비전에서
하루 종일 코로나 방송이 나온다
200명 400명 800명
확진자 그래프가 춤을 춘다

베란다의 봄도
마당의 봄도
코로나가 모두 삼켜 버렸다

숙주의 몸을 타고 끝없이 돌고 돈다
우한, 신천지, 쿠팡, 광화문

얼굴마다 사각의 마스크
바리케이트 쳐지고
마음의 거리마저 멀어지고 있다

가을 향기

투명한 햇살이 창에 가득하다

바람이 나를 깨워 흔들고 간다

국화 향기가 코끝을 스친다

어느덧 가을이 곁에 와 있다

단풍구경 가자고 부르는 소리

알록달록 물 드는 아름다운 세상

오색 빛 젖은 가을 잎들의 노래

풍요로운 선율로

세상 가득 차오르게 하네

행복한 갈대

버스에 몸을 싣고
빗방울 날리는 고속도로를 달려간다

비래동 내가 사는 집이 멀어지고
연축동 복지관이 멀어진다

바람이 마음을 두드린다
살포시 빗장을 여는
순천만 습지의 은은한 향기

흔들리는 갈대 사이
요란하게 열리는 짱뚱어들의 운동회
이 넓은 트랙을 언제 돌려나

자리 잡고 앉아 쉬는 선수
천천히 따라 도는 선수
갈대의 응원에 게들도 춤을 추네

운동장이 되어버린 순천만
습지의 동물들이 서로 어우러져
행복한 세상을 만들고 있네

봄꽃을 기다리며

창문을 열고
봄을 기다립니다

꽃잎이 지면
나는 봄을 잃고 몸살을 앓습니다

애나게 마음 졸이며
이 밤도 달빛 안고 피는 꽃

밉도록 아름다운 세월은 가고
남겨진 추억은
간간히 창문 틈에서 슬피 웁니다

분홍빛 구두를 신고
그녀가 다가오는 뾰족뾰족한 봄을
나는 애타게 기다리고 있습니다

무지개 꽃

말없이 언덕을 걷노라면
그녀는 산이 되어 나를 따라 온다

혼자선 아무것도 할 수 없어도
찾는 이 모두의 물음에
따뜻한 메아리로 답을 안겨 준다

가을이
초록빛 빛나는 옷을
알록달록한 색채로 바꾸면

가을은
그녀의 숨소리 따라
무지개 꽃으로 피어나네

바람 따라

바람 따라

흘러가는 구름

바람 따라

뒹구는 낙엽

바람 따라

날리는 꽃잎이 길을 만들면

그 꽃길

사뿐히 즈려 밟고

꿈속의 그녀가 올 것만 같네

농부의 땀방울

오곡백과가 무르익는 계절
농부의 땀방울은
세상을
사랑이 담긴
웃음으로 바꾸어 놓는다

폭우는
풍년을 시기하는 무리들의
한 여름 성난 도깨비 뿔
웃음은 걱정으로 바뀌고
하늘이 온통 어둠에 잠긴다

암흑이 햇빛을 감추고
굉음을 지르며 물 폭탄을 투여한다
하늘은 잡힐 듯 잡히지 않는 수증기로 만들어
천둥을 멀리멀리 몰아낸다

폭염과 폭우에도
농부가 아랑곳 하지 않자
하나님은 아무도 모르게
아침 이슬 같은 선물을 주고 간다

저 그림 뒤엔 무엇이 있을까

봄비 그친 맑은 하늘
적당히 남은 안개구름은
하늘이 그린 그림이다

새들이 춤추며 노래하고
나무들이 팔 벌려 웃어주는
풍경 속 모든 것이 아름답기만 하네

나무는 뿌리를 땅에 묻고
꽃잎은 바람을 날려
꽃길을 만들고 꽃 숲을 이루네

바람에 나무가 흔들리듯
시룽대는
저 그림 뒤엔 무엇이 있을까

서로 등을 기대고 있는 우거진 숲
나도 덩달아 행복해 진다

세월

어느새 성큼 다가온 겨울
뒹구는 낙엽들
차가운 바람이 내 몸을 스치네

계절마다 옷을 갈아 입고
부끄러운 자태를
숨기고 있던 길가의 나무들

오지 말라고
힘주어 밀어내도
어김없이
찾아오는 싸늘한 겨울

봄이 되면
나무들은
다시 옷을 입고 태어나는데

세월은
한번 가면
돌아 올 줄 모르네

숲속 음악회

사자의 웃음 띤 울음
부둥켜안고 장난하는 친구들

여우와 늑대가 춤을 추고
치타와 표범은 달리기 시합

옥신각신 동물 친구들 사이로
왼발 오른발 발을 맞추며
땀 흘리며 기어가는 지네

사자가 호령을 하자
모두들 지네 뒤에 발 맞추느라 분주하네

사자의 뒷발 구르는 소리 천지가 울리고
지휘자의 움직임 속에
소리가 모아져 화음이 되네

동물들의 노랫소리
희망이 담긴 씨앗이 되어
사랑으로 가득 찬 숲이 되네

야생화

이른 새벽 숲속을 찾아온 손님
반기는 이 하나 없네

누구일까

아침이슬 촉촉한 숲 속
노루가 목을 축이고
맑은 눈망울로 인사하며
아침을 깨우네

어느 사이
노루가 건네는 아침인사에
화려한 빛을 품은 들꽃이 되었네

오정동 경매시장

어둠이 가시지 않은 새벽
종소리에 사람들이 몰려든다

경매시작 경매시작
스피커에서 방송이 나오고
외계인 언어로 중계하기 바쁘다

손가락을 펼쳐 신호를 보내면
하나둘 눈빛들이 경쟁하듯 모여든다

선정된 사연이 소개되고
푸짐한 선물이 주인을 기다린다

1톤 트럭 화물칸
쌓인 선물위로
행복 가득한 아침이 열린다

어떤 약속

겨울비 촉촉이 적셔 오는 날
유리판이 만들어 놓은 길

조심스레 걷는 사람들
네온 불빛이 춤을 춘다

차가운 안개
하얗게 피어오르는 밤

조용히 다가오는 적막
쓸쓸한 마음이 안개에 젖는다

막막한 사막에서
오아시스를 만난 것 같네

긴긴 밤
뿌연 안개 속을 뚫고 나오는 빛처럼

아름다운 선택

햇살이 눈을 감기던 날
잔잔한 향기에 취해버렸네

나지막한 소리
부드러운 소리

갈 곳 잃은 마음
우주를 떠도네

시간은 빨리 가라 길을 재촉하고
고독한 나는 고민에 잠긴다

인생의 갈림길
내 삶을 아름답게 만드는 건
결국은 나의 몫

내가 선택한 궁극에서
행복을 찾는 일이네

햇살이 내 눈을 감기던 날
내 속에서 들려오던
나지막한 소리

>

내 삶을 아름답게 만드는 건
결국은 나의 몫

초식동물

봄기운이 대지를 덮고
세상 모든 것이 아름다움으로 물든 때
평온을 깨는 검은 그림자

순간의 적막이 흐르고 분주해지는 발자국
초원을 뒤덮은 폭풍우 몰아치면
이때를 기회삼아 만찬을 즐기려는 맹수들

내달리는 초식이들
얼마나 갔을까

강을 건너야 맹수를 피할 수 있건만
강 앞에 기다리는 또 다른 포식자

누군가의 희생으로 나는 안전해 지네
또 다른 땅을 밟고도 안심할 수 없네
먹이가 된 친구를 바라보는 눈망울엔
안타까운 눈물로 가득 차있네

폭풍우가 지나가고 다시 찾아온 평화
초식동물은 슬픔을 잊고 일상으로 돌아가네

한국의 소리

저고리 끝 한삼자락 휘날린다

한 손에 부채 들고
고수의 북 장단 맞추어
소리꾼이 사람들을 모은다

명창의 '사랑~ 사랑~ 사랑~' 타령에
'얼~쑤', '잘한다~'
추임새는 양념

표정마다 바뀌는 소리를 따라
어깨가 들썩들썩

한 담긴 소리엔
남 몰래 흐르는 눈물

흥과 한이 있는 판소리는
민족이 부르는 소리
한국의 얼이 담긴 소리 한 마당

아버지

온 동네 퍼지는 우렁찬 울음소리
꼼지락거리는 손가락발가락
사랑으로 바라보며 웃고 계시네

활짝 핀 웃음꽃
동네방네 자랑으로 피어나고
자식 향한 사랑에 허리띠 졸라맨다

나뭇가지 같은 몸에서
이파리 하나 둘 떨어뜨려
그늘 만들고
평탄한 길 만들어 주던 아버지

어느새 앙상한 나무가 되고
굽은 등걸 부끄러워
따가운 시선을 피하네

우리 아버지
등이 휘도록 등짐 지셨네
그 사랑 먹고
어린 나무 큰 나무되었네

>

무성한 잎 그늘이 되어 덮어 드리리

열매 맺는 풍성한 나무되어 기쁨 드리리

해변

높은 하늘이 바다에 빠져든다
내 마음도 그곳으로 달려간다

푸른 물결 너울너울 춤을 추며
밀려가고 밀려온다

밀어 질수록 넓어지는 모래밭
지친 등을 떠밀며 다가오는 파도소리
하얀 기억들이 친구처럼 따라 온다

푸른 파도소리
금빛모래들
진주보다 더 큰 내 마음의 보석

봄이 오는 소리

뽀얀 구름
휴식을 마쳤는지
피어오르는 아지랑이 타고
집을 찾아가고 있네요

초록 물감 묻히고
아장아장 걷는 아가들
기지개 펴며 올라오는
새싹의 소리

나무들이 새옷을 입고
푸름 가득 한 세상을 기다려요

아장아장 다가오는
따뜻한 봄의 향연

숨어 버린 봄

겨울의 끝을 알리는 비가 내린다
촉촉히 젖은 땅과
세상 구경하고픈 새싹
비 그치면 틔울 준비를 하는 꽃망울
한 해의 시작을 위해
봄을 기다린다

봄 향기 싣고 대기하던 구름은
코로나 봉우리에 막혀
멀리서 바라만 볼 뿐
다가올 엄두조차 없다

불청객 코로나는
온갖 방역을 비웃는 듯
사라질 줄 모른다

코로나가 뭐야
시국을 모르고
세상 구경나온 새싹들
봄이 온 줄 알고 꽃을 피우는 꽃망울들

꽃잎과 향기 뽐내고 싶지만

반기는 이 없어
어여쁜 봄처녀 속이 탑니다

얼어붙은 코로나 세상 녹여 줄
따뜻한 봄이 그립습니다

당산 뻐꾸기

하늘을 날아가는 노랑새 한 마리
요란한 비상에
넋을 잃었다

어디선가 애타게
짹짹거리며 엄마 부르는 소리
순식간에 자취를 감춘 노랑새 한 마리

고조곤히 지저귀는 소리 따라가 보니
눈 감은 어린 새에게 입 맞추고 있다

어린 새를 둥지에 두고
또 다시 날아오르는 노랑새
얼마가 지났을까
부리 가득 먹이를 물고 다시 돌아온다

어미의 날갯짓에 신이 난 어린 새
소리를 높여 짹짹대며 환호한다

노랑새가 지칠 줄 모르고 날아오른다
어서 빨리 넓은 세상을 보여주고픈
간절한 마음
봄 하늘이 뻐꾸기 울음소리로 활기차다

수필

송 직 호 · 왕 능 운 · 이 재 영

노근리 상처와 월류봉을 돌아보다 외 1편

송직호

어릴 적 교과서에서 공부한 충북 영동군 황간면 노근리 슬픈 역사의 현장에 사촌형제들과 함께 시제 마치고, 조상의 산소 부근에 있어 가보았다.

양민학살 현장인 쌍굴 다리 터널은 그 당시 사격으로 수없이 많은 총탄 흔적을 페인트로 표시를 해 놓았다.

지금은 '노근리 평화공원'을 만들어서 그때의 참상을 알리고 있다.

6·25때 근처 인근마을 주민 300명이 미군들에 의해서 무참히 살해된 양민학살 비극의 현장이다.

어린 4살부터 80노인, 남녀노소 가릴 것 없이 쌍굴에 300명을 몰아넣고 앞산과 뒷산에서 cal 50이란 기관총으로 3일 밤낮 동안 무참히 주민들에게 사격을 했다고 한다.

그때 살아남은 어린 증인들이 지금은 7,80대 노인들이 되었다.

피난 가는 주민들을, 미군들이 잡아 이곳저곳으로 며칠씩이나 끌고 다니다가 쌍굴다리 터널 안으로 몰아넣고 비행기와 기관총으로 정조준 사격을 했다고 한다.

그중에 시체 밑에 깔려 살아남은 사람이 증언을 했는데, 미국과 한국정부의 이해 관계로 흐지부지되었다고 한다.

한 피해자의 오래고 끈질긴 노력으로 미국의회와 세계 언론에 보도되면서 세상에 알려지게 되었는데도 지금껏 아무런 보상을 받지 못했다고 한다.

노근리 평화공원에 가면 관람실에서 15분정도의 짧은 영상을 볼 수 있는데, 그 당시의 미군 생존자를 찾아 인터뷰한 것도 있다.

그때의 미군 생존자들도 지금껏 죄책감에 시달린다고 말한다. 그것은 분명 잘못된 일이라고, 자기들은 명령에 따라서 한 것이라고 증언한다.

기념관 안에는 문화해설사가 노근리 양민학살 사건을 설명 해준다.

힘없는 나라의 백성으로 태어난 것이 죄인 것이다.

많은 대가를 치르면서 우리나라를 지금껏 도와주고 혈맹이라고 하지만 가끔은 속국같은 생각도 든다.

요즘 트럼프 미대통령 하는 짓을 보면 이 나라가 한심하고 혈맹은 맞는지 궁금하다. 말 한 마디 못하고 벙어리 냉가슴만 앓고, 북한, 일본, 중국, 러시아에게도 수시로 당하고만 있는 정부를 보면 화가 난다.

이런 역사를 보면서 국방의 힘과 경제의 힘을 두루 갖추어야 앞으로 이런 뼈아픈 일을 겪지 않을 것이라 생각한다.

하지만 대한민국은 위대하다. 폐허에서 지금의 국력을 키워 세계에 우뚝 섰으니 국민의 한 사람으로 자랑스럽게 생각된다.

앞서 희생한 선열들과 꼰대라고 부르는 부모세대가 없었으면 가능했겠는가? 젊은이들이여 역사를 바로보고 힘을 키우길 바란다.

하루 빨리 남북이 통일이 되어 더 잘 사는 대한민국이 되

어야 '노근리' 같은 일이 발생하지 않을 것이고 잘못된 역사를 바로잡는 계기가 될 것이다,

노근리를 뒤로하고 조금 달리니 근처 황간면 원촌리, 영동에 달도 쉬어 간다는 곳, 깎아 세운 듯한 월류봉이 보인다.

1봉에서 5봉까지인데, 나는 걷는 것이 힘들어 차에서 내려 주위를 둘러보았다.

우암 송시열 선생이 후학들과 공부했다는 정자와 깎은 듯한 바위산과 단풍으로 물든 월류봉이 황홀하게 보인다.

바위산이 단풍잎으로 덮여있다. 막 떨어진 듯한 형형색색의 딘풍잎들이 붉은색, 누런색, 검붉은색, 흰색, 녹색의 산수화를 그리며 내려오는 듯하다.

산 맞은편 길에는 한 여인이 뽕짝을 간드러지게 부르면서 버스킹을 한다,

몇몇 등산객 여인이 둥근 엉덩이를 흔들며 춤을 추고 있다.

흥에 겨워 드럼통 몸매를 이리 돌리고 저리 꺾고, 무 다리를 이리 돌리고 살짝 들어 비틀고 요지경 춤을 추느라 정신이 없다.

모처럼 가사에서 해방되어 소녀처럼 춤추는 모습이 나름 귀엽게 느껴진다.

여인들의 재주도 보고, 깊어가는 가을정취도 감상하며 사촌형제들 간에 우애가 돈독해진 즐거운 하루였다

모처럼 가을을 만끽한 행복한 날이었다.

내 아들의 임관식

내 아들은 군대 장교로서 군대에서 열심히 나라를 지키고 있는 듬직한 아들이다.

아들은 나의 병마로 인해 고등학교와 대학교를 힘들게 다녔다.

그래서 일찍 철이 들었나 보다.

속 한 번 안 썩인 착한 아들은, 집안 형편이 힘들어지자 스스로의 판단으로 직업 군인의 길을 택했다.

귀엽고 천진난만하게 자라던 아들은 갑자기 집안이 기울어 힘 들었을 텐데, 힘든 내색도 안 하고 학교를 잘 다녔다.

내가 절뚝거리면서 산으로 운동가는 것을 아들의 학교 친구들이 보았나보다. 그래서 놀림도 당하고 따돌림도 당하고 했나보다.

얼마전 그 이야기를 듣고 속이 많이 상했다. 나 같으면 너 죽고 나 죽자 했으련만 착한 내 아들은 나보다 속이 깊은 것 같다.

이따금 "남자는 터프해야지"하고 내가 말하면, 그건 옛날 이야기고 지금은 머리를 써야 한다고 한다. 아들은 IQ가 145로 나보다 머리가 좋다. 나도 세 자리는 되는 머린데 항상 아들의 센스에 밀린다.

아들은 대학교를 마치고 학사 장교로 군대를 갔다.

금년 2월에 훈련소에 입소하고 6월에 훈련을 마치고 오늘은 소위로 임관을 하는 날이다.

아프지 않으면 아들 임관식에 내가 차를 몰고 갔을 텐데. 면허 딴 지 한 달밖에 안 된 딸이 렌트를 해서 차를 몰고 갔다.

한여름 나무 하나 없는 연병장에서 임관식을 하는데 우리 가족은 조금 늦게 도착했다.

넓은 연병장에서 아들을 찾느라 한참을 헤매다 겨우 찾으니, 남들은 부모님이 와서 계급장을 달아 주고 있는데 우리 아들만 혼자 뜨거운 연병장에 부동자세로 서 있다.

아빠는 반쪽을 못 쓰고, 엄마는 교통사고 후유증으로 다리를 절룩거리며 아들에게로 걸어갔다. 그래도 가족이라고 우리를 보더니 반가워 웃는다. 그 모습을 보니 마음이 더욱 안쓰럽다.

얼마나 씁쓸했을까, 남들은 부모님들이 일찍 와서 계급장을 달아주고 하는데, 혼자서 연병장 끝에서 차려 자세로 뜨거운 햇볕 아래 서 있는데 얼마나 창피했을까.

행사시간이 다 끝나가서 교관이 계급장을 달아 주려던 참인데, 그래도 우리가족이 가까스로 도착을 해서 계급장을 달아 주었다.

땀을 비 오듯이 흘렸다. 너무나 더운 날씨 때문에 닦아도 닦아도 땀이 너무 나서 죽을 지경이었다.

임관식을 마치고 정복을 입고 내무반에서 물건을 챙겨서 나오는 아들의 모습을 보니 씩씩하고, 멋지고, 늠름했다.

아들이 자랑스럽고 뿌듯했다.

아들이 훈련소를 빨리 벗어나고 싶다고 해서 우리는 곧장 대전으로 향했다. 차에 오르자마자 에어컨을 트니 그제야 살 것 같았다.

6월의 한낮은 정말 덥다.

구름 하나 없이 맑은 날, 임관하느라고 수고한 아들에게 "사랑한다, 고맙고 자랑스럽다"고 이야기 해주었다.

대전에 도착해 식당에서 맛난 고기로 체력 보충을 하고 나니, 어느새 자식들에게 기대고 있는 내 모습이 느껴진다.

어리다고 생각했는데 '벌써 이렇게들 커서 우리가 기대는 기둥이 되었구나'라는 생각이 들었다.

딸 하나, 아들 하나 두 명의 자식 농사는 잘된 것 같다.

잠시, 이럴 줄 알았으면 몇 명 더 낳을 것을 하는 생각이 들었다.

욕심을 버려야 하는 것을 아직도 못 버리고 있는 내가 한심하다는 생각도 들었다.

더운 날씨 때문에 힘들었지만, 자랑스러운 아들과 딸의 모습에 온 종일 입가에 웃음이 번지는 보람되고 행복한 하루였다.

성묘길 외 2편

왕능운

매년 1년에 두 번, 어머니 기제와 추석명절 때 온 가족이 모여서 공주에 있는 선산으로 성묘를 간다

시아버지는 내가 결혼하기도 전인 아주 오래전에 이미 돌아 가셨고 시어머니는 내가 결혼한 지 8년 만에 뇌출혈로 쓰러지셔서 병원에서 아무것도 못 드시고 당신이 사랑하는 가족 중 그 누구도 알아보지 못한 채 코에 호스를 끼운 채로 6개월 동안 침대에 누워만 계시다가 쓸쓸하게 숨을 거두시고 세상을 떠나셨다

28년 전, 내가 장애인의 몸으로 결혼을 한다고 허락을 받기 위해 어머니에게 첫선을 뵈러간 날 그때의 나의 긴장감은 이루 말로 표현하기가 어려웠다. 평산 신씨平山 申氏 집안인 지금의 우리 집으로 남편을 따라 들어섰을 때에도 내가 많이 불편한 몸임에도 그저 조용히 묵묵히 나를 가만히 지켜만 보셨던 어머니.

나흘 만에 나 혼자서 서방님 집으로 선을 뵈러 갔을 때, 가족들 앞에서도 어머니는 "더 볼 것 없다 딱 느이 오빠 짝이다"라고 말씀하셨다.

어머니의 승낙으로 우리 부부는 만난 지 20일 만에 남편이 다니는 교회 목사님을 모시고 그분의 주례로 많은 사람

들의 축복을 받으며 세상에서 가장 아름다운 결혼식을 올렸고 어느새 나는 28년째 신씨申氏 집안의 맏며느리로서 아주 예쁜 딸 낳고 행복하게 살고 있다.

나는 사지마비 뇌성 장애인으로 다른 장애를 가진 여자들보다 많이 불편한 여자다. 그런데도 처음 선 본 날, 남편은 내게 청혼을 했다. 어머니는 이런 내 모습을 보시고도 두 말도 않으시고 우리 두 사람의 결혼을 허락해 주셨다. 이제는 누구도 부럽지 않은 한 가정의 아내, 엄마, 형수, 형님, 언니로서의 역할을 부족하지만 잘 해내고 있다. 장애인으로서 결혼하기란 무척 힘들고 어려운데 나는 진정 이해심 많고 착한 남자를 만났기에 내 몸이 많이 불편한데도 결혼을 했다. 나로선 정말 가장 큰 행운이다.

더욱 감사한 것은 우리 시집 식구들 모두가 남편처럼 좋은 분들이었다. 그분들이 나를 이해해 주고 포용해 주어 가능한 일이었다. 이렇게 나는 많이 부족한 사람임에도 당당하게 결혼해서 어느 여자 못지않게 아주 행복하게 잘 살고 있다.

아무튼 그때 당시 남편이 내게 청혼을 하지 않고 서로 돌아섰더라면 우리 친정 형편상 또한 내 처지는 어떻게 되었을까 그때를 생각하면 지금도 끔찍한 생각이 든다. 하지만 이런 결혼 생활에도 내게 아직도 한 가지 불편한 것이 있다.

그것은 바로 가족 모임이 있는 날이다. 그들은 모두 내게 불편하게 생각 말고 편한 마음으로 대하라고 말 하지만 그래도 나는 아직도 불편하고 어색하다.

오늘은 우리 가족이 벌써 14년 전에 돌아가신 시어머니의 기제 날을 맞아서 공주에 있는 산소에 가기로 한 날이다 나는 몸이 불편해서 산소에 잘 가지 않는데 며칠 전 전화로 막내 시누이가 "오빠 모처럼 가족 모임인데 엄마 산소에 벌초 끝나고 산에서 내려가는 길에 식당에 가서 식사나 하고 헤어지게 언니도 데리고 나와요" 라고 말했었다.

그런데 요즘 우리 지역에 궂은 날씨가 계속 되어선지 나의 몸이 많이 불편했다. 그래서 어젯밤에도 밤새 잠을 못 이루고 뒤척이다가 날이 훤히 밝은 아침에서야 겨우 잠을 이룰 수가 있었다.

깊은 잠 속에 빠져 있던 나는 약속을 지키기 위해 남편이 속삭이듯 깨우는 소리에 아직도 여전히 무거운 몸을 겨우 일으켜 부스스 눈을 뜨고 급히 움직여서 외출 준비를 했다.

오랜만에 시어머니를 뵈러 산소에 간다는 설렘으로 마음이 들뜨고 부풀어 있었는데 약속 시간보다 조금 늦게 남편의 손에 이끌려 밖으로 나왔다. 하늘에 먹구름이 까맣게 끼인 채로 제법 많은 굵은 비가 내리고 있었다. 순간 나는 쭈뼛대며 갈까 말까 망설이고 서 있다가 식구들이 보는 앞에서 다리에 힘이 풀려서 넘어지고 말았다. 남들 앞에서 넘어지는 것은 몰라도 시집 식구들 앞에서 넘어지니까 그것처럼 싫고 부끄러울 수가 없었다. 그래도 막내 시누이 남편이 얼른 다가 와서 나를 부축해 일으켜 주어서 다행히도 입은 옷이 많이 젖지 않아서 함께 차에 타고 산소로 출발할 수 있었다.

우리는 산소에 도착했다. 비가 내리는 탓에 나는 차에서 내리지도 못 한 채 차창 밖을 보고만 있었다. 뿌옇게 내려앉은 하늘에서 투둑투둑하고 차 지붕 위로 빗방울 떨어지는 소리가 들렸다. 지난해에 시동생과 남편이 어머니 산소에 심어 놓은 몇 가지 꽃씨들이 이제 제법 자라서 예쁘게 꽃을 피웠을 텐데, 차에선 산소가 보이지 않아 아쉬운 마음이 들었다.

생전에 시어머니는 각종 나무와 꽃을 많이 좋아하셨다. 어머니가 갑작스럽게 돌아가시고 유품 정리를 하는데, 베란다에는 어머니가 가꾸시던 갖가지 화초들로 발 디딜 틈이 없을 정도였다. 그렇게 꽃을 사랑하시던 분이였기에 어여쁜 꽃들이 만개滿開한 따스한 봄날에 저 먼 길 떠나신 게 아닐까하는 생각이 들었다.

어느덧 시어머니가 돌아가시고 꽤 오랜 시간이 흘렀다.

생전에 많은 고생으로 힘든 삶을 사신 분이기에 꽃길 따라 먼 길 가신 그곳에선 부디 편안히 쉬시기를 기도한다. 그곳에서도 우리 가족 모두가 평안하고 행복하기를 바라실 것이다. 나는 비 내리는 차안에 홀로 남아 조용히 빗소리를 들으며 돌아가신 시어머니를 그려본다.

있을 때 잘해

어린 시절 우리 부모님은 식당을 운영했다.
부모님의 하루는 남들 보다 이른 새벽 5시에 시작해서 밤 10시나 되어서야 방안에 들어와 이부자리에 누울 수 있었다.

부모님의 생활이 매일 그렇게 힘든 삶에 연속이다 보니 우리 다섯 남매는 서로가 서로를 챙기면서 놀곤 했다.
그중 장애인인 내가 제일 손이 많이 갔는데 큰 여동생이 주로 나를 맡아서 보살펴 주었다. 동생도 어린 마음에 언니를 돌보기 싫어서 불평하며 짜증이 났을 텐데 동생은 그런 내색을 하지 않았던 것 같다. 그만큼 동생은 많이 착했다. 그래서 지금도 나는 그 동생에게 늘 고맙고 미안한 마음이고 언제나 가슴 한쪽에 걸려있다.

엄마는 힘들고 바쁘게 살면서도 항상 우리 5남매에게 입버릇처럼 '너희는 엄마처럼 힘든 삶을 살지 마라, 배워서 더 나은 삶을 살아야 한다'고 귀에 익도록 말하곤 했다.

그런 부모님 덕분인지 우리 5남매는 나를 제외하고 모두 대학까지 졸업했다.
그래서 나 또한 우리 딸에게 마치 대물림처럼, 배워야 한다고 아주 어릴 때부터 말하곤 했다. 가난한 형편에도 조금씩 아껴 쓰고 모아서 딸 아이 대학입학하던 날 첫 등록금을 아이의 손에 들려줬을 때의 그 기쁨과 흐뭇함은 이루 말로 표현할 수 없을 만큼 좋았다.

우리 아이는 지금 서울에서 혼자 생활하면서 아주 치열하게 열심히 학교생활을 잘 해나가고 있고 벌써 졸업을 앞두고 있다.

엄마의 바람처럼 우리 가족이 순조로운 삶을 살고 있지만 아버지 돌아가시고 홀로 남은 여든넷의 어머니는 많이 외로워하시는 것 같다.

요즘 바빠서 한동안 전화도 못 드렸더니 동생한테 전화하셔서 "큰 애 한테서 요즘 왜 전화가 안오지?" 하고 물으셨다고 한다. '잘 지내고 있는지, 어디 아픈 건 아닌지 , 밥은 잘 먹고, 잠은 잘 자는지' 궁금해 하신다며 동생에게서 카톡이 왔다.

밖에 나가 있던 나는 집에 돌아오자마자 옷도 안 갈아입고 늦은 시간 임에도 엄마에게 전화부터 했다. 그때까지 안 주무시고 계셨는지 엄마는 전화를 아주 반갑게 받으셨다. 엄마는 그간 내게 궁금했던 안부를 물으셨다. 여러 가지 이야기를 주고받으며 엄마와 나는 한참 동안 통화를 했다.

어머니는 내가 어릴 때엔 떼쓰고 보채며 울어도 일 하느라고 바쁘고 피곤하다며 귀찮아하시더니, 이제 나이 들고 외로워지니까 장애인인 나도 자식이고 딸이라고 한 주라도 전화를 안 하면 많이 궁금해 하고 걱정을 한다. 언젠가 전화에 대고 불쑥 “매번 엄마 속만 썩이고 고집불통이고 병신 딸인데도 내가 소식 안 주면 보고 싶고 궁금해?” 라고 물었더니 엄마 하는 말 “그럼 이것아 너도 당연히 내 자식이고 딸인데 보고 싶지 안 보고 싶어?”라고 하셨다. 순간 엄마의 그 말에 눈가에 눈물이 고였다.

이제 나도 점점 나이가 들고 몸도 더 자주 아프다 보니 친정 식구들과 함께 가까이 지내지 못하는 게 아쉬움으로 남는다.

‘이렇게 서로 멀리 헤어져 살게 될 줄 알았으면 가까이 있을 때 좀 더 다정하게 대해줄 것을’ 하는 후회가 된다.

그래서 ‘있을 때 잘해’ 라는 노래도 만들어 졌나 보다.

오늘 저녁 친정 엄마와 전화하면서 나는 많은 생각을 했다. 어머니의 크고 깊은 사랑을 새삼 깨닫게 된 소중한 시간이었다.

편지

또 한 번의 이별이로구나. 앞으로 몇 번이나 더 너와의 이별이 이어질지 모르겠지만 엄마의 가슴은 미어지는구나

네가 서울로 가는 버스를 탄 뒤, 아빠를 통해 10만원 입금했단다. 네가 모처럼 집에 왔는데 엄마가 고기라도 볶아서 엄마 아빠와 함께 밥을 한 끼 먹었으면 좋았을 것을 그러지 못하고 엄마,아빠가 너에게 힘들고 아픈 모습만 보여서 많이 부끄럽구나. 집에서 못해 먹여 보내는 게 엄마는 못내 서운해서 송금한 것이니까 네 입에 맞는 맛있는 것으로 사다가 해먹고 귤이라도 좀 사다가 냉장고에 넣어 놓고 챙겨 먹거라.

오래전부터 홀로 떠나 외지에서 학교에 다니게 된 너를, 우리는 부모이면서도 형편상 너를 위해 무엇 한 가지라도 제대로 챙겨준 것이 없음을 잘 알고 있기에 엄마는 네게 더욱 미안하고 가슴이 아프구나.

그래도 이제까지 너 혼자서도 아무 문제 일으키지 않고 무탈하게 잘 견디고 버텨준 것이 엄마로선 네가 너무 대견하고 고맙단다.

다혜야, 네가 지금까지 잘해 왔듯이 앞으로도 너는 모든 일을 잘 헤쳐 나갈 것을 믿기에 엄마는 안심할 수 있어.

그리고 힘들고 외로울 때는 항상 우리가 믿는 하나님을 찾아라. 너를 항상 지켜 주시는 그분께 매달려서 대화하고

기도하고 나면 네가 품고 있는 마음의 고뇌가 많이 퇴색되리라 믿는다.

부모로서 네 곁에서 항상 지켜주진 못하지만 네 곁엔 언제나 너를 지켜주실 하나님이 계시고 버팀목이 되어줄 엄마 아빠가 있잖아. 맞지 딸아, 그러니까 매사에 용기 잃지 말고 자신감을 가지고 힘을 내자 우리 예쁜 아가씨.

엄마 아빠도 멀리서나마 항상 너를 위해 기도하며 응원하고 있음을 잊지 말기를 바란다. 또한 너는 젊어. 앞으로 무엇이든지 큰 꿈을 이룰 수 있는 미래라는 시간이 네게는 주어졌잖아. 그 기회를 잡고 그 길을 향해 달려 가봐. 그러면 언센가는 꼭 네게 희망의 빛이 다가 올 것을 믿는다.

지금 세대는 너무 극심한 혼란 속에 처해있지만, 그래도 언젠가는 너희 젊은 세대가 더 살기 좋은 나라로 변화될 것을 바랄 뿐이다. 네가 지금 처해있는 삶이 힘들고 어렵게 느껴질지라도 언젠가 네가 다시 이 글을 읽게 되면 좋은 마음으로 읽게 되기를 바란다.

네가 왔다가니 더 보고 싶은 것 같구나 사랑한다. 엄마 딸!

대덕문학 23호 출판 기념회를 다녀와서 외 2편

이재영

형형색색의 나뭇잎이 하나 둘 떨어지는 가을, 이제 2019년도 열흘 후면 마지막 달 밖에 남지 않았다.
또 그렇게 계절은 말없이 갈 준비를 하고 있다.

지난 11월 7일, 대덕문학 23호 출판기념회가 대덕문화원에서 저녁 7시에 열렸다.
나는 평소와 다름없이 문화원을 가기 위해 버스를 탔다. 그런데, 이런! 퇴근시간이 겹쳐 버스 안은 콩나물시루 같이 사람들로 가득했고, 또, 왜 이리 도로는 차들로 길이 막히는지…
나는 출판기념회에 10분이나 늦게 도착하고 말았다.

출판기념회에 처음 가는 것이라 그런지 약간의 어색함을 느꼈다.
그 자리는 내 '시'가 실려 있는 책과 함께 '시', '수필' 등을 좋아하고 사랑하는 문학인들이 함께하는 자리였다.
건강상 이유로 지금은 그만 두신, 예전에 '시'를 가르쳐 주셨던 선생님이 반겨 주셨다.
나는 강당 뒷자리에 복지관에서 '시'를 같이 공부하는 문우들과 함께 자리 잡고 앉아서 행사에 참여했다.
앞쪽에는 지금 '시'를 가르치시는 선생님이 자리 잡고 앉아 계셨다.

지난 11월 '대덕 시낭송 대회'에서 '대상' 수상자의 낭송을 가만히 들었다.

그런데, 나는 선생님의 낭송을 수업시간에 많이 들어서인지 나의 기대에는 차지 않았다.

출판기념회에서 신입 회원들의 간단한 인사 소개후 모든 분들이 한자리에 모여 사진촬영을 하였다.

이 자리엔 '대덕 스미다' 시화전 개막식이 같이 열리는 자리라, 내 '시'도 황송하지만, 당당하게 한 자리를 차지하였다.

이곳에 출품된 시를 감상하며 사물을 보고 느끼는 감성이 모든 이가 같을 수가 없구나 하고, 새삼 느끼게 되었다.

문화원 행사가 끝나고 근처 식당에서 함께 식사를 했다.

식사를 하면서 서로의 근황과 대덕문학을 이야기하면서 시간이 마무리 되어갔다.

식당을 나와 집으로 가는 길은 교통편이 여의치 않아 선생님께서 자동차로 데려다 주셨다.

가는 길도 아닌데 데려다 주신 선생님께 감사한 느낌이 들었다.

집에 돌아온 후 책을 읽으면서 내 글이 책 속에 있는 것이 신기했다. 아직 글로 표현하는 것이 서툴러서 아쉬운 점이 있지만, 책 속에 있는 내 이름과, 책에 내 글이 실려 있는 것이 뿌듯했다. 등단된 작가가 이런 느낌이 아닐까 싶다.

각자가 사물을 보는 관점이 다르듯 내가 볼 수 없는 부분을 다른 측면에서 볼 수 있는 다른 이들의 여러 가지 문학적 표현 방법을 배워야 하겠다는 생각이 드는 자리였던 것 같다.

소원을 말해봐

— 제주 여행 기행문

지난 해 9월, '소원을 말해봐'라는 복지관 행사에 선정되어 11월 3일부터 11월 5일 까지 2박3일 동안 복지관 정현 선생님과 함께 제주도 여행을 다녀왔다.

비행기를 타기 위해서 가장 가까운 청주공항으로 가기로 했다. 대전에서 청주공항을 향해 출발하자 금방이라도 제주도에 도착할 것 같은 생각에 내 가슴은 무척이나 두근두근 설레기 시작했다. 길가에 보이는 풍경은 분명히 늘 보던 대전의 가로수이건만 늘어선 플라타너스가 내 눈에는 바나나 나무와 야자나무로 보이기 시작했다.

청주공항에 도착하니 안개로 인해 비행기 출발이 1시간 정도 지연된다는 안내 방송이 흐르고 있었다. 잠시 실망한 마음을 가라앉히고 정현 선생님이 사 주신 아이스아메리카노를 마시며 제주도에 가면 맨 먼저 무엇을 하고 싶은지 이야기를 나누다 보니 다시 기분이 좋아졌다. 지루한 기분도 잠시, 탑승이 이루어지고 드디어 비행기가 이륙하기 시작했다. 커다란 엔진소리와 함께 덜컹거리는 바퀴소리가 나고 비행기는 언제 땅을 기었느냐는 듯 하늘을 날았다. 점점 작아지는 건물들과 작별인사를 나누는데, 환영하듯 하얀 뭉게구름이 눈앞으로 다가왔다. 비행기 날개 옆으로 솜사

탕처럼 지나가는 갖가지 모양의 예쁜 구름이, 그동안 힘들고 무거웠던 나의 묵은 마음을 하얗게 정화시키고 맑은 마음으로 바꾸어 주는 것 같았다.

제주공항에는 생각보다 빠르게 도착했다. 거리는 꽤나 먼데 이륙 후 채 한 시간이 못되어 비행기는 우리를 제주공항에 내려놓았다. 우리는 수하물 찾는 곳에서 짐을 찾은 후, 공항에 그려진 노선을 따라 렌트카 타는 곳으로 가서 약속한 렌트카를 받아 타고 드디어 우리들만의 제주여행을 시작했다.

첫 번째 목적지는 에코랜드와 테마파크였다.

1,800년대 증기 기관차 모습의 기차를 타고 잘 꾸며진 정원을 둘러보는 일종의 테마 여행이다.

마치 호수 위를 걷는 듯한 착각을 불러일으키는 에코브리지역, 계절 따라 피어나는 꽃으로 가득한 유럽식 정원과 라벤더 꽃밭, 천연의 자연이 주는 아름다움과 노천 족욕탕이 있는 로즈가든역은 싱글인 우리 노총각의 마음을 또한번 설레게 했다. 호수를 지나느라 물안개에 잘 손질한 머리와 셔츠가 젖는 것도 모르고 흠뻑 취해 구경하다 보니 어느새 몇 장의 사진들만 남기고 땅에 닿았다.

에코랜드와 테마파크를 나와서 우리는 제주 시내에 있는 숙소에 짐을 풀었다.

깔끔하게 정돈된 숙소의 뽀송뽀송한 이불에 누워 잠시 몸을 쉰 후, 숙소 근처에 있는 오겹살 구이를 시작으로 본격적인 제주도 먹방을 시작하였다. 여기가 중국인지, 한국인지 헛갈릴 정도로 중국 사람이 무척 많아서 놀랐다. 실컷 먹은 것 같은데도 여행지에서의 들뜬 마음은 돌아오는 길에 치킨과 시원한 생맥주 한 잔으로 우리를 유혹했고, 보글보글 넘치는 맥주거품과 잘 튀겨진 치킨의 바삭바삭한 뒷다리와 날개속에 하루의 피로함을 몽땅 날려보냈다.

둘째 날, 아침 일찍 식사를 마친 우리는 숙소에서 나와 성산 항으로 이동하여 우도로 들어가는 배에 몸을 실었다. 우도는 배로 이동했는데 오래 걸리지 않았다. 배의 꽁무니를 따라 갈라지는 파도를 보고 있노라니 어디선가 돌고래 친구들이 떼지어 나타났다. 우도를 찾은 우리를 마중 나온 것처럼 펄쩍펄쩍 뛰어 오르며 묘기를 부리는 듯한 광경이 신기했다. 그 모습이 예뻐 사진으로 담으려고 하니, 돌고래들은 내가 휴대폰을 들면 물속으로 들어가 버리고 포기하고 휴대폰을 주머니에 넣으면 올라오고를 반복하며 비싼 몸값을 자랑하듯 쉽사리 내 촬영을 허락하지 않았다. 결국 영상 촬영을 포기하고 직관하는 것으로 만족해야만 했다.

우도 도착 후, 우리는 선착장 근처에 있는 식당에서 성게 미역국, 비빔밥, 전복 해물라면을 주문했다.

온 섬이 바다에 둘러 싸여있어 그런지 주문서 메뉴는 바다가 느껴지는 해물메뉴가 주를 이루었다. 우도의 특산품인 땅콩 전통주가 우리의 눈을 이끌었고 우리는 궁금증을 참지 못해 딱 한 잔을 시켜 맛만 보기로 했다. 땅콩으로 만들어서 일까? 그 맛이 막걸리에 땅콩 맛 아이스크림을 살짝 얹어 놓은 듯 무척이나 고소했다.

우도 해안도로를 돌다가 등대와 봉수대가 있는 바다풍경을 배경으로 사진 촬영도 하였다. 눈앞에 펼쳐지는 곳곳이 다 포토존으로 아름다워서 쌍쌍이 사진을 찍는 커플들로 붐비고 있었다.

우도 일주를 마치고 성산 항으로 돌아와 섭지 코지를 둘러보기로 했다. 드라마 '올인'촬영지라고 했다. 나는 잠시 눈을 감고 드라마의 주인공이 되기로 했다. 왠지 멀리서 아름다운 여자 주인공이 나를 향해 긴 머리카락을 휘날리며 미소를 머금고 오는 것 같은 느낌이 들었다.

다음 코스는 워터 스카이 공연 관람이다. 공연장으로 가는 도중 '도민이 자주 가는 맛집' 간판이 눈에 띄었다. 마침 출출하기도 하고 시간에 여유가 있어서 고기국수를 한 그릇씩 먹었다.

도마를 제주에선 '돔베'라고 한다. 흙돼지 수육을 도마에 썰어 놓는 것을 제주에선 '돔베고기'라 한다고 한다. 고기국수에 돔베고기를 고명처럼 올려 좀 느끼할 것 같았지만 의외로 국물이 담백했다. 고기와 국수를 동시에 먹으니 그 양이 내겐 좀 많은 듯 넉넉했다.

국수로 배를 채운 뒤, 우리는 배부른 사장님처럼 느긋하게 의자에 앉아 워터 스카이 관람을 했다. 링을 통과하는 재주를 보이는 팀, 공중에 있는 천에 몸을 매달고 묘기를 펼치는 팀, 바닥에서 한 사람이 어깨 위에 긴 장대를 걸치고 버티면, 또 한 사람이 그 파트너를 믿고 장대 꼭대기까지 올라 묘기를 보이면서 아찔아찔, 아슬아슬한 긴장감을 주었다. 마지막으로 무대가 깊은 웅덩이로 바뀌더니 공연장 높은 곳에서 다이빙 묘기를 코믹하게 펼치는 팀들의 활기찬 묘기로 공연 내내 긴장감과 흥미를 감출 수 없는 무대였다. 공연장을 나오면서 우리는 누구랄 것도 없이 후유하고 큰 숨을 내 쉬었다.

저녁에는 중문 야시장을 둘러보았다.

밤에도 활기 넘치는 중문 야시장, 공연 전에 국수를 배불리 먹은 까닭에 시장하지도 않고, 딱히 당기는 것은 없었지만 군데군데 인기 메뉴를 파는 가게 앞엔 줄이 무척 길게 늘어서 있었다.

우리는 회를 먹기 위해 생선을 골랐다. 방어, 연어, 갈치 3가지를 합쳐서 한 접시, 딱새우 한 접시를 주문했다. 두 접시인데도 가격은 육지에 비해 무척이나 저렴했다.

중문시장을 둘러보다가 한 분이 제주도에 오면 반드시 말고기를 먹어야 한다고 해서 제주도의 특산품인 말고기를 검색하니, 마침 숙소근처에 있는 말고기 요리하는 식당이 있어서 그곳으로 발걸음을 옮겼다.

직원의 안내에 따라 바다가 보이는 곳에 자리를 잡고, 사장님이 추천해 주시는 대로 단일 메뉴보다 여러 가지를 맛볼 수 있는 말고기 코스요리를 시켰다.

육회, 회, 김말이, 갈비탕, 불고기, 구이 및 곰탕까지 너무 많은 요리가 나와 어떤 것이 맛있는지 판단하기가 힘들었지만 여러 가지 음식을 맛 볼 수 있어 현명한 선택을 한 것 같았다. 너무 많이 먹어 소화가 안 될 경우 말처럼 뛰어다닌다는 사장님이 농담이 너무 우스워서 하마터면 음식이 입 밖으로 나올 뻔 했다.

식당을 나오니 이미 캄캄한데다 숙소로 가는 길을 몰라서 안전하게 택시를 탔다.

숙소 도착 후, 무척이나 고단한 하루였는지 우리는 누가 먼저랄 것도 없이 잠에 골아 떨어졌다.

마지막 날이 밝아 왔다. 하루만 더 있었으면 하는 아쉬운 마음을 남긴 채 체크아웃을 했다.

아침을 먹기 위해 식당을 찾던 중 짬뽕집이 보여 얼큰한 해물짬뽕으로 식사를 하니 정신이 번쩍 들고 기운이 났다. 렌트카 회사로 가서 차를 반납하고 렌트카 회사에서 제공하는 버스를 타고 공항으로 갔다.

예약해 둔 비행기 표를 받아들고 탑승을 하였다.

제주에서 많은 추억을 가졌다고 생각하니 순간 아쉬운 마음이 밀려왔다.

제주도는 멀어지고, 더 이상 미련을 갖지 말라는 듯 비행기는 하늘 높이 구름위로 올랐다. 눈에 보이는 건 하얀 구름뿐 더 이상 아름다운 제주의 모습은 보이지 않았다.

청주공항은 왜 이리 빨리 도착하는지…

공항에서 대전까지는 택시로 이동했다.

집에 도착 후 짐을 정리했다. 2박3일의 짧은 일정이지만 오랫동안 기억하고싶은 즐거운 제주도 여행이었다.

오늘 밤은 제주도의 푸른 바다와 우도의 땅콩 맛 막걸리와 에코랜드의 라벤다 향속에 묻혀 포근한 꿈을 꾸며 잠들고 싶다.

'청주 공예 비엔날레'를 다녀와서

2019년 10월 8일부터 11월 17일 까지 제11회 청주 공예 비엔날레가 충북 청주시에서 열렸다.

내가 다니고 있는 대전광역시 대덕구 장애인 종합복지관 미술 프로그램에서 현장 학습 과정의 하나로 청주 공예 비엔날레를 다녀오기로 했다.

지난 10월 26일 복지관에서 버스를 지원해 주어서 비엔날레에 갈수 있었다. 우리 복지관에는 휠체어를 타는 장애우가 많아 이동할 때 어려움이 많은데, 복지관의 배려 덕분에 휠체어를 타는 장애우들도 비엔날레 관람을 할 수 있게 되어 감사함을 느꼈다.

당일 아침 맑은 가을 하늘은 우리의 동반자가 되어 주었다.

비엔날레 가는 길 차창 밖에 보이는 모든 건물들이 미술 작품인지, 내 눈에는 그냥 스치는 장면이 아니라 넓은 판 위에 만들어진 공예 작품 같아 보였다.

청주 도착 후, 우리는 점심 식사를 먼저 한 후에 비엔날레에 가기로 하였다.

식사는 중국 식당에서 먹기로 하였는데, 막상 도착하니 동네에서 많이 보던 중국 식당 하고는 분위기가 다른 중국

식 고급 레스토랑 이었다.

나는 내가 좋아하는 자장면으로 배를 채운 뒤, 얼마 전 미술 프로그램 시간에 하얀색 티셔츠에 그림을 그려 넣고 염색을 하여 만든 세상에도 둘도 없는 나만의 티셔츠를 입고 비엔날레 관람을 시작하였다.

버스에는 휠체어를 탄 채 타고 내릴 수 있는 리프트가 설치되어 있었는데. 운전기사님이 우리가 안전하게 내릴 수 있는 곳에 주차해 주었다.

걷는 게 불편한 사람은 휠체어로, 걷는데 불편이 없는 사람은 걸어서 공연장으로 이동하였다.

공연장은 예전의 연초제조창을 리모델링해서 만든 것이라고 한다.

처음 간 곳은 공예 체험장이었다. 나무 스탠드와 도마를 만들 수 있는 체험인데, 나는 스탠드를 만들었다.

처음부터 하는 공정이 아니라, 어느 정도 완성된 것을 우리가 모서리 부분을 사포로 갈아 매끈하게 하고 기름칠을 하는 작업만 하면 스탠드가 완성되는 것이었다.

"이렇게 하여 내가 만든 수제 스탠드 1호가 완성되었습니다."

체험 공방을 나오니 공 뽑는 기계가 있었다. 집게로 공을 잡아 뽑는 방식인데, 공속에 상품명이 적힌 쪽지가 있고, 우리 모두가 상품을 하나씩 가질 수 있는 무지 잘 뽑히는 인심 좋은 기계였다.

체험장 위층에는 작품들을 감상할 수 있는 전시실이 있

었다.

작품을 설명하는 도슨트를 따라 작품을 감상하니 과연 무슨 작품일까하는 생각이 발전해서 작품의 내용과 작가의 의도를 조금은 알 수도 있을 것 같다.

그 중에서 생각하는 차, 생각하는 컵이 기억에 남는다. 작은 도자컵을 와이어로 높낮이를 주며 표현하고 웅장한 모습을 자랑하는 듯한 작품이다. 또한 타공 기법으로 들어오는 빛의 농도를 구멍의 크기로 표현한 작품으로, 이 작품은 베니스 비엔날레에도 전시되었다고 한다. 그 외에도 노란색 한지로 터널을 표현한 작품 등 작가들의 표현 방법에 놀라울 뿐이다.

한 손에는 체험장에서 만든 스탠드를 들고 주차장으로 이동하여 차량에 탑승하였다.

차에 오르자 선생님께서 우리에게 시원한 음료수를 나누어 주셨다. 아쉬움이 남는 비엔날레 관람이 끝이 났다.

복지관으로 돌아오는 버스 안에서 나는 오늘 본 청주 비엔날레에 대해 생각해 보았다. 작가의 독창성 있는 공예품들이 많았던 것에 놀랐다. 평범한 물품들을 예술작품으로 승화시킨 훌륭한 작품들을 관람할 수 있어 참 행복한 하루였다.

단비문학회 시집 신영일 외「봄이 오는 길」은 신영일 8편, 김신근 15편, 배한초 3편, 송직호 14편, 오유진 21편, 왕능운 17편, 이재영 23편 등 116편의 시와 송직호 2편, 왕능운 3편, 이재영 3편의 수필로 출간한 시집이며, 이 단비문학회 회원들은 대덕구장애인복지관에서 시낭송가이자 시인인 홍명희 선생님의 지도 아래 2018년 겨울부터 2020년 겨울까지 2년 동안 저마다 열심히 최선의 노력을 다해 이「봄이 오는 길」을 출간하게 된 것이다.

"시를 쓰는 것도 낭송 실력도 우리 수강생들이 선생보다 더 뛰어나다. 일반인들의 반질반질한 느낌과 표현이 아니라, 결핍과 고통을 통과한 진솔하고 투명한 표현들을 발견할 때마다 원석을 발견한 듯 보람과 기쁨을 느낀다"(홍명희,「책을 펴내면서」 부분). 훌륭한 스승 밑에 못난 제자 없듯이, 신영일, 배한초, 송직호, 오유진, 왕능운, 이재영 시인들은 비록 정식 등단절차를 거치지 않았지만, 이미 기성 시인들의 시적 수준을 뛰어넘는다. 시에는 사악한 생각이 하나도 없고, 피와 땀과 눈물로 쓴 시는 만인들의 심금을 사로잡으며 하늘을 감동시킨다.

신영일 외「봄이 오는 길」은 이 세상의 단비와도 같다. 세계적인 대유행병 코로나19 때문에 더없이 고통받는 사람들과 그들을 위로할 수 있는 더없이 진솔하고 더없이 감동적인 '단비문학회 회원들'의 '사랑의 합창'이라고 할 수가 있다.

단비문학회 시집

봄이 오는 길

발　행 2020년 12월 25일
지 은 이 신영일 외
펴 낸 이 반송림
편집디자인 김지호
펴 낸 곳 도서출판 지혜 • 계간시전문지 애지
기획위원 반경환 이형권
주　소 34624 대전광역시 동구 태전로 57, 2층 도서출판 지혜 (삼성동)
전　화 042-625-1140
팩　스 042-627-1140
전자우편 ejisarang@hanmail.net
애지카페 cafe.daum.net/ejiliterature

ISBN : 979-11-5728-426-9 03810
값 9,000원